FALSCHES SPIEL AM FUTTERPLATZ

MISS DOLITTLES GEHEIMNIS

BUCH 15

MOLLY FITZ

KATZENGEHEIMNISSE

ÜBER DIESES BUCH

Eigentlich hatte ich mich entschlossen, mein Privatdetektivleben für eine gewisse Zeit auf Eis zu legen und mich voll und ganz der Organisation meiner bevorstehenden Hochzeit zu widmen. Aber als meine neu zugezogene Nachbarin tot aufgefunden wird, lasse ich natürlich wieder alles stehen und liegen, um den Fall zu untersuchen – vor allem deshalb, weil ich selbst ein eindeutiges Motiv für den Mord an ihr hätte und nicht scharf darauf bin, meiner großen Liebe im Gefängnis das Jawort geben zu müssen.

Die Polizei behauptet abschließend, ihr Tod sei ein Unfall gewesen, aber ich habe da so meine Zweifel. Ein verängstigter Hirsch ist vielleicht der Einzige, der weiß, was wirklich passiert ist, aber es ist nicht gerade einfach, ihn davon abzuhalten, bei jedem Gesprächsversuch das Weite zu suchen.

Und das ist nicht das einzige Problem. Octocat und ich sind uns uneinig darüber, wie wir unsere neuesten Ermittlungen am besten angehen sollten. Es bleibt mir also nichts anderes übrig, als auf meine anderen, weniger verlässlichen tierischen Gehilfen zurückzugreifen. Kann ich nicht nur ein falsches Spiel nachweisen, sondern den Fall zudem auch noch lösen?

ANMERKUNG DER AUTORIN

Hallo. Danke, dass du dieses Buch gekauft hast. Wenn du ebenfalls ein großer Fan von spannenden, schrägen Tierkrimis bist, sollten wir unbedingt Freunde werden.

Wie wäre es, wenn du direkt einmal meine Facebook-Seite besuchst, die ich speziell für meine treuen deutschen Leser eingerichtet habe? Hier der Link dazu: **Facebook.-com/Katzengeheimnisse**

Oder melde dich für meinen Newsletter an und sichere dir als Abonnent gratis ein digitales Geschenkpaket, einschließlich einer exklusiven Kurzgeschichte über Octocat: **Katzengeheimnisse.com/Abonnieren**

Ich bin sicher, wir werden eine Menge

Spaß miteinander haben. Also schnell umblättern ...

Wir sehen uns dann auf der nächsten Seite.

MOLLY

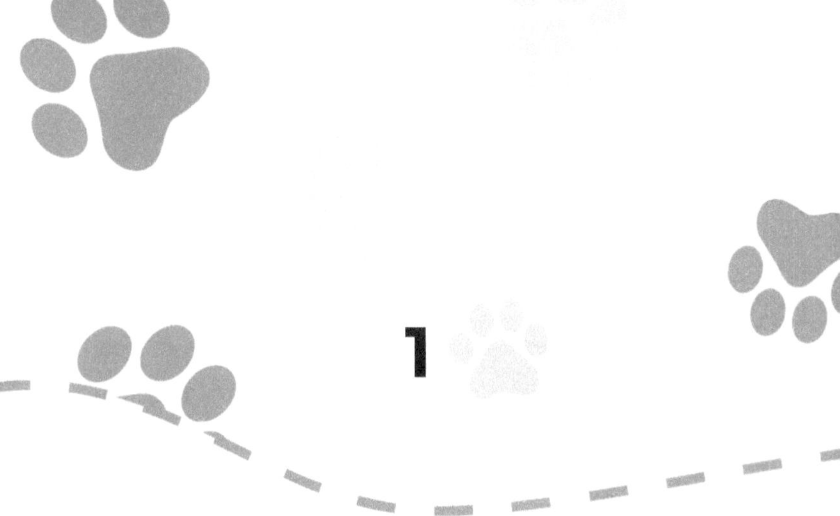

Mein Name ist Angie Russo, und ich führe ein äußerst ungewöhnliches Leben. Dank meines charmanten Verlobten und meiner verrückten Grandma ist es voller Liebe, aber auch voller Unruhe ... jeder Menge Unruhe, das darf ich Ihnen versichern.

Ich kann nämlich mit Tieren sprechen, und sobald diese das spitz gekriegt haben, werde ich sie nicht mehr los. Alles begann mit einem Kater namens Octocat. Er und ich trafen uns bei einer Testamentseröffnung in einer Anwaltskanzlei, in der ich zum damaligen Zeitpunkt als Aushilfe arbeitete. Seine Besitzerin war kurz zuvor verstorben, und ich hatte gerade mit Müh und Not einen unheilvollen Zusammenstoß mit einer defekten Kaffeemaschine überlebt. Zählen Sie eins und eins zusammen und – voilà – das war der Beginn unserer seltsamen Freundschaft. Das Erste, was wir gemeinsam in Angriff nahmen, war, den Mord an seinem ehemaligen Frauchen aufzuklären, was sich nicht direkt einfach gestaltete, weil sämtliche Angehörigen davon ausgingen, dass die alte Dame eines natürlichen Todes gestorben war.

Nachdem ich meinen getigerten Gefährten offiziell adoptiert hatte, wurde ich automatisch zur Verwalterin seines recht großzügigen Treuhandfonds, und wir beide bezogen das alte Herrenhaus, das seine einstige Besitzerin ihm ebenfalls hinterlassen hatte. Nur kurze Zeit später holte ich meine Großmutter, kurz Grandma genannt, zu uns, und damit auch ihren bezaubernden dreifarbigen, untergründig schwarzen Chihuahua-Welpen namens Paisley.

Irgendwann realisierte unsere bunt zusammengewürfelt Truppe, dass wir ein Händchen für das Lösen von geheimnisvollen Kriminalfällen zu haben schienen, und so gründeten wir ganz offiziell eine Detektei, die – sehr zu meinem Leidwesen – den Namen Pet Whisperer P.I. aufgedrängt bekam. Das Letzte, was ich eigentlich will, ist, dass Fremde spitz bekommen, dass ich mit Tieren sprechen kann. Aber glücklicherweise sind bisher alle der Ansicht, dass es sich hierbei um ein Wortspiel oder einen missglückten Werbeversuch handelt.

Wie auch immer, wir sind stets überglücklich, wenn wir einen Fall aufklären können, obwohl wir nur selten dafür bezahlt und normalerweise nicht einmal offiziell damit betreut werden. Die Morde und Verbrechen fallen uns einfach so in den Schoß. Aber irgendetwas muss man ja schließlich tun, um seinen Tag herumzubringen, oder?

Was mir allerdings gar nicht gefällt, ist, wenn man mich als Hobby-Detektivin bezeichnet. Also bitte! Ich leite ein offizielles Unternehmen; es handelt sich sogar um eine eingetragene GmbH. Wenn mich das nicht zu einem Profi macht?

Mein Verlobter ist der Seniorpartner der örtlichen Anwaltskanzlei, in der auch ich früher gearbeitet habe. Es gab jede Menge Irrungen und Wirrungen, bis er endlich seinen wohlverdienten Platz an der Spitze einnehmen konnte. Mittlerweile läuft alles in geregelten Bahnen und zusammen stellen wir beide die Kleinstadtversion von *Law und Order* in Maine dar.

Das letzte erwähnenswerte Mitglied unseres skurrilen Ensembles ist ein Waschbär namens Pringle, der in einem Baumhaus in unserem Garten lebt. Er liebt Müll, Katzenfutter und Nerf-Guns, aber absolut verrückt ist er nach Reality-TV. Meistens verursacht er mehr Probleme, als dass er sie behebt, aber trotzdem ist er uns mittlerweile ans Herz gewachsen. Na ja, zumindest den meisten von uns.

Selbst nach diesem guten Jahr, in dem ich jetzt bereits mit meinem Kater zusammenlebe, bin ich mir sicher, dass er mich auf seiner Sympathieskala nur als ‚halbwegs okay' einstuft, und Pringles rangiert mit Sicherheit noch deutlich unter mir.

Was mich betrifft ... Ich bin gerade schwer damit beschäftigt, zum einen meine Hochzeit zu planen und zum anderen meine leibliche Großmutter besser kennenzulernen ... eine Frau, die ich erst kürzlich wiedergefunden habe und von deren Existenz ich viele Jahre lang nichts ahnte. Und wissen Sie, was das Beste daran ist? Meine Oma Lyn kann ebenfalls mit Tieren sprechen. Bei unserem ersten Treffen haben wir so viel über unsere gemeinsamen Talente gequatscht, dass wir beide irgendwann stockheiser waren.

Grandma ist immer noch ein wenig eifersüchtig auf die vermeintliche Nebenbuhlerin, aber sie arbeitet an sich. Und ganz ehrlich: Ich könnte noch hunderte lang vermisste Verwandte aufstöbern und würde mich trotzdem nie von der Frau abwenden, die mich großgezogen hat und zu meiner allerbesten Freundin wurde.

Ach ja, meine Grandma ... So sehr ich mich auch darauf freue, mit Charles den Bund der Ehe einzugehen, fürchte ich mich auch irgendwie davor. Ich habe fast mein ganzes Leben mit ihr verbracht – mit Ausnahme einer kurzen Zeit, in der ich versuchte, eine gewisse Selbständigkeit zu erlangen und in eine schäbige Mietwohnung zog. Wenn ich jetzt Charles heirate, werde ich natürlich bei ihm einziehen, denn sie hat mir klar und deutlich zu verstehen gegeben, dass Frischvermählte ihren Freiraum brauchen.

Also werde ich jede Sekunde, die mir mit meiner lustigen, lebensfrohen Großmutter noch bleibt, genießen. Und Gott sei Dank ist es ja nicht so, als würden wir weit wegziehen ... ich genaugenommen werde überhaupt nicht umziehen. Grandma hat nämlich beschlossen, ihr altes Haus von Charles zurückzukaufen. Was für eine glückliche Fügung des Schicksals, dass er damals ihr altes Anwesen erwarb, als ich sie zu Octocat und mir in die herrschaftliche Villa holte – und mein Schatz wird hier bei mir einziehen. Die Strecke von mir zum Büro kennt er mittlerweile im Schlaf, nur dass es zukünftig eben anders sein wird.

Außerdem habe ich Grandma schon vorgewarnt,

dass sie mich mindestens fünfmal pro Woche zum Abendessen erwarten darf, und ich werde auch an ihrem Zimmer nichts verändern, für den Fall, dass sie doch wieder zurückkommen möchte. Sie wird auch nicht jünger, obwohl sie in besserer körperlicher Verfassung ist als ich und uns wahrscheinlich alle überlebt, sogar Octocat, der noch einige seiner sieben Leben vor sich hat.

* * *

Normalerweise erwache ich vom Geruch Grandmas frischer Backwaren, der sich einen Weg von der Küche ins Obergeschoss bahnt. Heute jedoch war es ein Streit meiner Mitbewohner, der mich aus dem Schlaf riss.

„Gestehe oder stirb!", brüllte Pringle und jagte Paisley quer über meine Brust.

„Aufhören! Du machst mir Angst!", jaulte der winzige Chihuahua und zog beim Rennen den Schwanz fest ein.

„Du bist es, Kleine, die uns allen Angst macht. Das passiert, wenn man Geheimnisse vor den Bullen hat." Nun hatte auch der Waschbär es sich auf mir bequem gemacht und benutzte mich als eine Art

Podium für seine lächerliche Rede. Autsch! Seine Krallen waren verdammt scharf.

„Pringle", knurrte ich und schubste ihn von mir runter. „Du hast hier im Haus nichts zu suchen, und in meinem Zimmer schon gleich zweimal nicht!"

„Tut mir leid, Schätzchen. Ich wollte dich nicht wecken, aber du beherbergst meine Hauptverdächtige, und das geht leider gar nicht." Zur Bekräftigung wedelte er mit einem seiner kleinen schwarzen Finger in der Luft herum. „Man kann sich vor dem langen Arm des Gesetzes nicht verstecken."

„Aber ich habe ja nicht einmal Arme!", jammerte Paisley. „Ich bin doch ein Hund."

Der Waschbär schlug sich mit der Hand auf die Stirn und seufzte theatralisch auf. „Dick Tracy musste sich mit so etwas nie auseinandersetzen, das kann ich euch versichern."

Sprach er nun zu sich selbst oder nach wie vor zu einem imaginären Publikum? Wie auch immer, so allmählich ging er mir gehörig auf den Geist. Seit er eine Vorliebe für alte Schwarz-Weiß-Gangsterfilme entwickelt hatte, war es bei uns vorbei mit der Ruhe, denn er vermutete hinter sämtlichen Geschehnissen einen Fall, den es zu lösen galt. Gestern beispielsweise wurden wir alle zu dem Thema *Leerer Wassernapf* verhört. Das jedoch konnte recht schnell aufgeklärt werden, und Pringle verbrachte somit wesentlich mehr Zeit damit, sich im Glanz seines Erfolgs zu aalen als mit den eigentlichen Ermittlungen.

„Geht woanders spielen." Mit dieser Aufforderung zog ich mir die Decke über den Kopf und betete im Stillen, dass sie mir wenigstens dieses Mal zugehört haben mochten.

Wunschdenken! Nur Sekunden später schlüpfte Paisley unter die Bettdecke und begann, mir die Ohrmuschel zu lecken. „Mami!", quietsche sie dermaßen laut, dass ich erschrocken in die Höhe fuhr. „Pringle sagt, es sei meine Schuld, dass draußen ein großer Lastwagen steht. Angeblich hätte ich geheime Informationen an die Russen verkauft. Was sind denn Russen?"

Für so etwas war es definitiv noch zu früh, aber leider, so hatte die Vergangenheit gezeigt, würde ich nach dem ganzen Trubel nicht wieder einschlafen können. Außerdem sollte ich lieber auf das kleine Hündchen achtgeben, das der Waschbär sich schon des Öfteren als Opfer auserkoren hatte. Normalerweise ließ er erst dann wieder von ihr ab, wenn ich ihn, nicht selten mit Gewalt, in seine Schranken verwies.

Also schwang ich stöhnend die Beine aus dem

Bett. „Pringle, ich will dich nicht noch einmal in meinem Schlafzimmer sehen. Haben wir uns verstanden?"

„Ist ja schon gut. Die Katze und der Hund dürfen rein, und nur, weil ich ein Waschbär bin und eine Maske im Gesicht trage ... Das ist Diskriminierung." Er warf mir einen missmutigen Blick zu. „Ich hätte dich nie für so kleinlich gehalten."

„Wilde, frei lebende Tiere haben im Haus nichts zu suchen", stieß ich zwischen zusammengebissenen Zähnen hervor.

„Moment mal, Schätzchen. Merkst du eigentlich, was du da sagst?" Plötzlich jedoch leuchtete etwas in seinen Augen auf, und er begann zu glucksen. „Oh, jetzt verstehe ich. Hier ging es überhaupt nicht um mich."

„Ach nein?"

„Nein! Du fühlst dich von meinen Ermittlungskünsten unter Druck gesetzt. Das ist es! Eine gescheiterte Privatdetektivin wie du? Kein Wunder, dass du kein brillantes Genie wie mich um dich haben willst."

„So, jetzt reicht's aber endgültig", donnerte ich und jagte den kleinen Banditen aus meinem Turm, zwei Treppenabsätze hinunter und durch die elektronische Katzenklappe, die er irgendwie wieder einmal geknackt hatte, ins Freie.

Paisley lief mir hinterher und bellte in einer Tour. „Und bleib bloß draußen, du nichtsnutziger Kerl", keifte sie, bevor sie ebenfalls durch die Tierhaustür nach draußen verschwand.

Ich zog die Vorhänge zurück und beobachtete die beiden, wie sie durch den Garten flitzten, und dann entdeckte ich ihn: Einen riesigen Umzugswagen, der direkt in unserer Einfahrt parkte.

2

ch trat durch die Tür und hielt auf den großen LKW zu. Dort angekommen, deutete ich dem Fahrer an, sein Fenster herunterzukurbeln. Er tat, wie ihm geheißen und musterte mich mit einem seltsamen Lächeln, das mir bewusst machte, dass ich nach wie vor barfuß war und in meinem übergroßen gepunkteten Pyjama steckte.

„Hallo. Kann ich Ihnen behilflich sein?", fragte er freundlich und tippte mit dem Finger gegen seine Baseballkappe.

Du meine Güte, ich trug ja nicht einmal einen BH! Schnell verschränkte ich die Arme vor der Brust, um in dieser vertrackten Situation zumindest einen gewissen Anstand zu wahren. „Sie stehen in meiner

Einfahrt", erklärte ich mit einem schüchternen Achselzucken.

Er starrte mich ausdruckslos an und blinzelte ein paar Mal, anscheinend völlig verwirrt.

„Ich habe keinen Umzugswagen bestellt", fügte ich erläuternd hinzu.

„Ach so, natürlich. Bitte entschuldigen Sie." Er hielt kurz inne, runzelte die Stirn und fuhr dann zögerlich fort: „Wir helfen der alten Dame von nebenan. Meine Mannschaft hat sich etwas verspätet, also hat sie mich ebenfalls weggeschickt und gesagt, ich solle erst wiederkommen, wenn wir komplett sind und anfangen können. Und erwähnt, dass sie uns das Honorar kürzen wird."

„Gestehe!", kreischte Pringle aus vollem Hals, während er und Paisley kurzzeitig unter dem Lastwagen verschwanden. Glücklicherweise schien der Fahrer die herumflitzenden Tiere nicht bemerkt zu haben.

„Wie viel zu spät sind Ihre Leute denn jetzt?", fragte ich, bemüht, mich auf unser Gespräch zu konzentrieren und die verrückten Szenen, dich sich in meinem Vorgarten abspielten, zu ignorieren.

Der Fahrer warf einen Blick auf die digitale Uhr auf seinem Armaturenbrett. „Gerade mal sieben Minuten. Sie hatten am frühen Morgen eine Verladung am anderen Ende der Stadt und wollten mich anschließend hier treffen. Dann jedoch verzögerte sich der erste Auftrag ein wenig, aber mittlerweile sind sie auf dem Weg."

Er seufzte, und ich ertappte mich dabei, dass ich es ihm gleichtat.

„Klingt, als hätte Ihr Tag etwas holprig begonnen."

„Kann man wohl sagen." Er legte den Kopf schief und seufzte erneut auf, just in dem Moment, als Paisley und Pringle in den Wald flüchteten, der sich an unser Anwesen anschloss. Und glücklicherweise hatte er sie wieder nicht gesehen.

Da mir der Mann, der so früh hatte aufstehen müssen und jetzt tatenlos herumsaß, leidtat, beschloss ich, ihm etwas anzubieten. „Kann ich Ihnen etwas bringen? Einen Kaffee und ein Muffin vielleicht?"

Er verzog die Mundwinkel zu einem angedeuteten Lächeln, das jedoch gleich darauf einem Stirnrunzeln wich. „Das klingt göttlich, aber besser nicht. Ich will der alten Schachtel nicht noch einen weiteren Grund für eine Beschwerde liefern."

O weia. Das klang nicht gut. Meine neue Nachbarin war noch nicht einmal richtig angekommen, und schon stieß sie die Leute vor den Kopf. Andererseits, vielleicht war sie ja gar nicht so schrecklich, wie der Möbelpacker sie darstellte, und er hatte die Geschichte nur etwas ausgeschmückt, um seine Mannschaft besser dastehen zu lassen. Was auch immer ... endlich war wieder jemand in das leerstehende Haus nebenan eingezogen und es wäre doch eine nette, nachbarschaftliche Geste, mal kurz vorbeizuschauen und sie willkommen zu heißen. Auch wenn mich diese Vorstellung leicht nervös machte.

Schnell verabschiedete ich mich von dem Fahrer, in der Hoffnung, die Tiere würden nicht erneut auftauchen und ihn belästigen, und marschierte zurück ins Haus, um nach Grandma zu suchen.

Normalerweise war sie um diese Tageszeit in der Küche beschäftigt. Heute jedoch konnte ich sie nirgends entdecken. Dann aber fiel mein Blick auf eine handschriftliche Notiz, die sie mir hingelegt hatte:

Bin mit Grant auf dem Tulpenfest.
Mittags wieder da.

Ich drehte den Zettel um und las noch weitere, eilig hingekritzelte Worte:

P.S. Die sind für die neue Nachbarin. Richte ihr aus, dass ich später noch vorbeikomme, um Hallo zu sagen!

Typisch! In dieser Stadt passierte nichts, ohne dass Grandma davon Wind bekam. Eine kleine Vorwarnung über die neue Anwohnerin wäre definitiv nett gewesen, aber wenigstens hatte sie diese Unterlassung mit einem hübschen Muffin-Korb wieder wettgemacht.

Nach einem kurzen Abstecher in mein Zimmer, wo ich in ein paar präsentable Sachen schlüpfte, schnappte ich mir Großmutters selbst gebackene Köstlichkeiten und machte mich auf den Weg in Richtung Haustür.

Octocat schnarchte in einem Sonnenfleck direkt neben dem Eingang. Noch wenige Minuten zuvor hatte mein getigerter Kater nicht dort gelegen. Jetzt allerdings befand er sich in seiner Tiefschlafphase, so dass ich zweimal hinschauen musste, ob er noch atmete. *Schlafende Katzen sollte man besser nicht wecken,* dachte ich bei mir und beschloss, ihn erst nach meiner Rückkehr von der neuen Nachbarin zu stören, um dann sicherlich Etliches an Klatsch und Tratsch berichten zu können.

Als ich auf die Veranda trat, stand der große

Umzugswagen noch immer in meiner Einfahrt, aber Pringle und Paisley waren nirgends zu sehen. Blieb nur zu hoffen, dass der listige Waschbär mit dem armen kleinen Hündchen nicht zu hart ins Gericht ging, obwohl ich aus Erfahrung wusste, dass genau das der Fall sein würde.

Ich sollte sie besser suchen gehen und seinem perfiden Spiel ein für alle Mal ein Ende setzen, auch wenn das bedeutete, dass ich sein Streaming-Verhalten durch eine Art Kindersicherung einschränken müsste. Vielleicht würde er sich dann auf ein anderes Genre konzentrieren, und wir alle könnten endlich mal wieder durchatmen.

Aber eins nach dem anderen ...

Vorrangig sollte ich meiner neuen Nachbarin einen Besuch abstatten. Also bahnte ich mir meinen Weg durch den dichten Wald, der unser Grundstück von dem alten Harlowe-Anwesen trennte, sorgfältig darauf bedacht, mit meinem Korb mit den Muffins nirgends hängenzubleiben.

Als ich auf den Rasen vor dem Haus trat, entdeckte ich eine alte Frau mit kurzem weißem Haar mit einem mehr als mürrischen Gesichtsausdruck, die auf ihrer breiten Veranda auf und abwanderte und in ihr auf Lautsprecher gestelltes Handy brüllte. Bisher schien sie mich nicht bemerkt zu haben.

„Das habe ich Ihnen doch bereits zu erklären versucht", zischte sie. „Auf meinem Grundstück treiben sich wilde Hunde herum und versetzen die örtliche Tierwelt in Aufruhr. Sie haben bereits eine Hirschkuh und ihr Kalb, die mir einen Besuch abstatten wollten, in die Flucht geschlagen."

„Wilde Hunde?" Der Beamte am anderen Ende der Leitung klang skeptisch. „Seit Pearl das örtliche Tierheim leitet, hatten wir damit nie mehr Probleme."

„Wollen Sie damit andeuten, ich hätte mir die ganze Sache nur ausgedacht?", keifte die Alte.

„Nein, nein, natürlich nicht", beeilte der Mann sich, zu versichern. „Können Sie mir die Biester näher beschreiben?"

In diesem Moment tauchte Pringle wie aus dem Nichts neben mir auf und legte mir eine Tatze auf die Wade, so dass ich vor Schreck zusammenzuckte. „Hey, Schätzchen. Was hast du denn da Leckeres mitgebracht?", fragte er und deutete mit seinem pelzigen Kinn auf den Korb.

„Riesige Bestien", fuhr die Nachbarin fort, während sie mit der freien Hand wild in der Luft herumfuchtelte. „Einer war schwarz wie ein Höllen-hund, der andere gestreift."

Ich ließ meinen Blick hinunter zu dem Wasch-bären und seinem großen, fetten, geringelten Schwanz wandern. Sie konnte doch unmöglich ...

„Mami!" Das war Paisley, die mit einem schrillen Bellen quer über den Rasen auf uns zu gerannt kam.

„Da sind die beiden ja wieder", rief die Nachba-rin, hob endlich den Kopf und entdeckte mich am Rand ihres Grundstücks.

Ich winkte ihr zu, wobei ich mich äußerst unbe-haglich fühlte, und hielt den Korb mit den Back-waren als Friedensgruß in die Höhe. „Ein kleines Willkommensgeschenk für Sie."

„Hallo, Miss, sind Sie noch dran?", fragte der Beamte, nachdem die Alte minutenlang geschwiegen hatte. „Wurden Sie verletzt?"

Brüskiert drehte sie mir den Rücken zu und widmete sich wieder ihrem Gesprächspartner. „Schi-cken Sie sofort jemanden her. Meine Adresse lautet ..."

Ich stand wie erstarrt. Was bitte hatten Paisley und Pringle bloß angestellt, um die Frau in so kurzer Zeit dermaßen zu verärgern? Und wen hatte sie wohl angerufen, um ihre Beschwerde vorzubringen? Sie war ja noch nicht einmal richtig eingezogen, um Himmels willen!

„Die Tierschutzbehörde ist auf dem Weg", teilte sie mir mit eisigem Blick mit, nachdem sie aufgelegt hatte.

Das schockierte mich noch wesentlich mehr als Pringles plötzliches Auftauchen an meiner Seite. „Wie bitte? Tierschutzbehörde? Aber warum denn?"

„Weil Sie, wie es scheint, Ihre Hunde nicht im Griff haben. Also muss sich wohl oder übel jemand anderes darum kümmern. Die Männer sollten in den nächsten zehn Minuten hier sein. Von daher würde ich vorschlagen, Sie nehmen Ihre beiden und verschwinden von hier, es sei denn, Sie wollen, dass sie ins Tierheim gebracht werden ... oder Schlimmeres." Ihre Drohung schwebte wie ein Damoklesschwert über uns.

„Es ist doch nur ein Hund, ein Chihuahua namens Paisley." Ich beugte mich nach unten und schnippte mit den Fingern, um die Kleine zu mir zu rufen. „Sollte ihr Spiel Sie gestört haben, tut mir das aufrichtig leid."

Als Paisley angerannt kam, schob ich den Korb mit den Muffins beiseite, hob den kleinen Hund mit meinem freien Arm auf und drückte ihn an mich. „Übrigens, ich bin Angie, Ihre neue Nachbarin, und wohne mit meiner Großmutter gleich nebenan. Wenn Sie also jemals ... "

„Vergessen Sie es, Angie. Man hat immer nur eine Chance, einen guten ersten Eindruck zu hinterlassen, und das hat Ihr Höllenhund bereits für Sie erledigt. Von daher schlage ich vor, wir gehen uns einfach aus dem Weg."

„Aber ... "

Sie deutete mit einem zittrigen Finger in Richtung Wald. „Verschwinden Sie! Verlassen Sie mein Grundstück, oder ich rufe die Polizei."

Kurz überlegte ich noch, ob ich ihr die Muffins da lassen sollte, aber ganz ehrlich: Sie hatte sich Grandmas himmlische Köstlichkeiten wahrlich nicht verdient, im Gegensatz zu mir. Ich würde mir nur zu gerne einige davon einverleiben, um diesen schrecklichen Start in den Tag zu vergessen.

Und so machte ich auf dem Absatz kehrt und ging zurück zu unserem Haus.

3

„Wo warst du?", fragte Octocat mürrisch, als ich das Haus betrat und die schwere Eingangstür hinter mir zuschlug. „Und hey, warum dieses Benehmen? Das passt so gar nicht zu dir, Angela."

Ich hielt mitten im Schritt inne und drehte mich zu meinem Kater um, der es sich inzwischen auf dem Couchtisch bequem gemacht hatte. „Ich habe gerade die neue Nachbarin kennengelernt."

Er zuckte mit dem Schwanz und starrte mich aus seinen großen bernsteinfarbenen Augen an. „Lass mich raten ... es ist nicht gut gelaufen."

„Die Frau ist einfach nur schrecklich, ein richtiges Ungeheuer!", schniefte ich, warf mich in den Sessel neben ihm und durchwühlte den Korb, bis ich den Muffin fand, auf den ich es abgesehen hatte – ein riesiges Teil mit dicken Zimtstreuseln darauf, in das ich genüsslich hineinbiss.

Den Mund voll des süßen, würzigen Breis, fuhr ich fort: „Sie nannte Paisley einen Höllenhund und hat uns direkt den Tierschutz auf den Hals gehetzt. Ich durfte sie nicht einmal willkommen heißen ... sie hat uns gleich wieder von ihrem Grundstück verjagt.“ Ich schluckte den Bissen hinunter und gönnte mir direkt den nächsten Happen.

Octocat legte die Ohren so flach an den Kopf, dass sie fast nicht mehr sichtbar waren. „Hat dir schon einmal jemand gesagt, dass du ausgesprochen geräuschvoll und mit wesentlich mehr Speichel als nötig isst?“

Ich stöhnte auf. „Ja, *du,* und zwar mindestens ein halbes Dutzend Mal. Aber hörst du mir überhaupt zu?“

„Sei versichert, ich bemühe mich durchaus, aber bei all dem Geschmatze fällt es mir schwer, irgend-welche Worte auszumachen. Nur zu gerne würde ich dir ein offenes Ohr leihen, aber du verhältst dich wahrlich ungehobelt, Angela.“ Bei diesen Worten fing sein Schwanz wie wild zu zucken an, was ein sicheres Zeichen dafür war, dass er kurz vor einem heftigen Wutausbruch stand.

„Wie bitte? Ich bin ja wohl kaum diejenige, die unhöflich ist, aber egal ...!" Entnervt legte ich meinen halb verzehrten Muffin zurück in den Korb zu den anderen, wischte mir die Hände ab und riss den Mund auf, um ihm zu zeigen, dass dieser jetzt leer war.

Octocat nickte gnädig. „Du kannst fortfahren."

Also wiederholte ich die ganze Geschichte und wurde mit jedem Satz aufgebrachter. Was bildete sich diese neue Nachbarin eigentlich ein? Hatte sie nur einen Hass auf Hunde oder generell auf alle Lebewesen?

Irgendwann hob mein Kater eine Pfote und unterbrach meine Schimpftirade. „Wäre es dir möglich, etwas leiser zu sprechen? Dir sollte doch bewusst sein, dass Katzen dreimal besser hören können als Menschen. Im Moment klingst du wie eine heulende Sirene, und dieser Ton tut mir in den Ohren weh." Er hielt kurz innen und musterte mich von oben bis unten. „Eigentlich siehst du auch wie eine aus, mit deinem knallroten Gesicht. Bist du heute mit dem falschen Fuß aufgestanden, oder was?"

Ich schnappte mir erneut meine Muffins. „Vergiss es! Ich werde die Geschichte Paisley erzählen, oder Pringle. Und vielleicht ist die neue Nachbarin ja doch nicht so schlimm, wie ich dachte."

Da von ihm keine Antwort kam, machte ich auf dem Absatz kehrt und marschierte davon. Seine kaltschnäuzige Art hatte mich schon öfter auf die Palme gebracht, aber speziell heute Morgen hatte ich keinen Nerv für seine Spielchen. Ich brauchte ein offenes Ohr und jemanden, der mit mir fühlte. Außerdem hatte ich mir ja fest vorgenommen, das kleine Hündchen vor dem vermeintlichen Verhör des Waschbären zu retten, sobald ich meinen Antrittsbesuch bei der alten Dame hinter mich gebracht hatte.

Hmm. Wo mochten die beiden nur stecken?

Ich stellte den Korb wieder in der Küche ab, nahm mir noch ein weiteres süßes Teilchen als Marschverpflegung mit und machte mich auf die Suche. Glücklicherweise war der Umzugswagen inzwischen verschwunden. Vermutlich stand er jetzt nebenan, um seinen Auftrag zu erledigen und dafür zu sorgen, dass die weltweit schlimmste Nachbarin endgültig einzog. *Uff.*

Ich war nicht oft so schlecht gelaunt wie heute. Das lag zum Teil daran, dass ich mich in diesem Zustand selbst nicht leiden konnte und es einen komplett anderen Menschen aus mir machte. Vielleicht sollte ich Grandma nach ihrer Rückkehr bitten, eine ihrer geführten Meditationen mit mir zu machen, damit ich wieder etwas runterkam. Oder ich könnte auch einfach in die Stadt fahren und einen exzessiven Einkaufsbummel unternehmen. Zugegeben, angesichts der geringen Anzahl von Kunden, die meine Detektivdienste in Anspruch nahmen, stammte mein Geld weitestgehend aus dem Treuhandfonds meines Katers ... Aber wenn er einfach ein wenig verständnisvoller gewesen wäre, bräuchte ich jetzt nicht nach einem anderen Weg zu suchen, um meine Laune zu verbessern.

Ja, shoppen gehen ... Das wäre die perfekte Therapie für den heutigen Tag. Sobald ich meinen armen kleinen Hund gerettet hatte.

„Paisley!", rief ich, stieg die Stufen der Veranda hinunter und ließ meinen Blick über den Garten wandern.

Keine Spur von ihr. Sie kam auch nicht bellend angerannt, um mich zu begrüßen. Seltsam.

„Paisley!", versuchte ich es erneut und suchte den Waldrand nach einer ungewöhnliche Bewegung ab.

Als ich noch immer keine Antwort erhielt, begann mein Herz schneller zu schlagen, und Angst machte sich in mir breit. Die neue Nachbarin hatte ihr doch nichts angetan, oder? Obwohl ich ihr das nach dieser schroffen Begegnung durchaus zutrauen würde. O nein!

Ich legte einen Zahn zu, rannte keuchend um das

Haus herum und schrie dabei lautstark nach dem kleinen Chihuahua.

„Meine Güte! Könntest du bitte mit dem Gebrülle aufhören?" Pringle steckte den Kopf aus seinem Baumhaus und starrte mich aus glänzenden schwarzen Augen an. „Das Gehör von Waschbären ist mindestens tausendmal besser als das eines Menschen. Tatsache ... Das haben sie in der Kardashian-Show gesagt. Wie auch immer ... lass das bitte! Ich bekomme Kopfschmerzen davon, und zudem störst du mein Verhör. Keine gute Kombination, Schätzchen."

„Mami?", erklang plötzlich Paisleys leises, wimmerndes Stimmchen von irgendwo über mir. *O neeeiiiinnn!*

„Pringle, hast du etwa ...?" Ich ersparte es mir, den Satz zu Ende zu sprechen, feuerte meinen Muffin auf den Boden und kletterte in Windeseile die Leiter hinauf in die zugemüllte Baumfestung des Waschbären. Und tatsächlich, dort saß mein kleiner Liebling, zusammengekauert in einer Lebendfalle. Jedes Mal, wenn sie sich bewegte, klapperte der komplette Käfig.

„Pringle!", schnaubte ich wutentbrannt unfähig, meinen Blick von dem verängstigten Hündchen abzuwenden. „Wie konntest du nur!"

Er schien gänzlich unbeeindruckt und machte es

sich in dem Fensterausschnitt bequem. „Der Hund wollte sich nicht befragen lassen, also habe ich ihn hergebracht."

„Er drohte mir, er würde mich knebeln, wenn ich dir auf dein Rufen antworte, Mami." Paisley sprach gehetzt und in einer höheren Tonlage als sonst. „Ich weiß zwar nicht, was das bedeutet, aber ich hatte solche Angst."

„Öffne den Käfig!", presste ich zwischen zusammengebissenen Zähnen hervor. „Auf der Stelle!"

„Schon gut, schon gut. Mach doch kein so ein Drama aus der Sache. Sie ist nicht verletzt, siehst du?" Geschickt löste Pringle den Hebel des Käfigs, so dass Paisley direkt in meine Arme flüchten konnte.

„Er hat mich gedognapped!", jammerte sie und kuschelte sich eng an mich. „Noch nie in meinem ganzen Leben habe ich mich so gefürchtet, Mami."

Ich streichelte ihr beruhigend über den Rücken und hielt sie eng an mich gedrückt, während ich den Waschbären mit meinem Blick durchbohrte. „Noch so eine Aktion, und ich nehme dir deine Fernseher und Nerf-Guns weg. Und sollte ich dich je wieder in meinem Haus erwischen, verwandle ich dich in ein tragbares Davey-Crockett-Souvenir."

Er legte eine seiner schwarzen Hände auf die Brust und keuchte auf. „Das würdest du nicht tun!"

„Lass es besser nicht darauf ankommen." Natürlich würde ich weder ihm noch irgendeinem anderen Tier je etwas antun, aber mit dieser Entführung und Festnahme war er eindeutig zu weit gegangen, und das alles nur wegen eines imaginären Rollenspiels. Ich hatte den Tag schon jetzt derart satt und war kurz davor, wieder zurück ins Bett zu kriechen, und das sogar ohne ein richtiges Frühstück. Irgendwie verständlich, oder?

Also klemmte ich mir Paisley unter den Arm und begann, die Leiter langsam wieder hinunterzuklettern, als mir noch etwas einfiel. Prompt hielt ich inne und stieg die paar Sprossen wieder hinauf. „Pringle? Wo hast du diese Lebendfalle eigentlich her?"

Er setzte sich auf die Hinterbeine und lächelte mich an, wobei er seine spitzen Zähne entblößte. „Die hab ich auf der Veranda nebenan gefunden. Sie sah praktisch aus, also habe ich sie mir geschnappt."

Ich glaubte, meinen Ohren nicht zu trauen. „Du hast sie unserer neuen Nachbarin gestohlen?" Wenn sie dieses Ding auf meinem Grundstück fände, würde sie toben.

Er zuckte gelangweilt mit den Schultern. „Stehlen ist so ein hartes Wort. Sagen wir, ich habe sie mir ausgeliehen."

Jetzt war ich wütend und verunsichert. Wenn

diese grausame Frau tatsächlich beabsichtigte, ein Tier in diese Falle zu locken, was wohl würde sie anschließend mit ihm anstellen?

Nichtsdestotrotz durfte ich Pringles diebisches Treiben nicht unterstützen.

„Ich komme gleich noch mal und hole das Teil", sagte ich mit einem strengen Blick, bevor ich mich erneut auf dem Weg nach unten begab. Und dann musste ich einen geeigneten Ort finden, wo ich es verstecken konnte. Klar, etwas zu stehlen kam einem Verbrechen gleich, aber Tierquälerei war noch wesentlich schlimmer.

Blieb nur zu hoffen, dass die komische Alte den Verlust noch nicht bemerkt hatte.

4

m Haus angekommen, setzte ich Paisley im Schlafzimmer im ersten Stock ab, das sie sich mit Großmutter teilte, und schloss die Tür hinter mir, damit Octocat nicht hereinkommen und sie stören konnte. „So, Kleines, jetzt ruh dich erst einmal ein wenig aus. Ich bin bald wieder da, und Grandma sollte ebenfalls in Kürze zurück sein."

„Kannst du nicht bei mir bleiben, bis ich eingeschlafen bin, Mami?", bettelte die Maus, und ich brachte es nicht übers Herz, nein zu sagen.

Also wartete ich, während sie es sich auf dem Seidenkissen, das Grandma eigens für ihre tierische Seelenverwandte auf das Bett gelegt hatte, bequem machte und zu einem kleinen Ball zusammenrollte. Behutsam strich ich ihr über das seidige Fell, und innerhalb kürzester Zeit wurden ihre Atemzüge ruhiger und sie driftete hinüber ins Reich der Träume ... und meine Gedanken ab ...

Bald schon wäre ich Charles' Frau, was für jeden von uns eine enorme Veränderung bedeutete. Denn obwohl Paisley und ich eine enge Bindung hatten, war sie doch Grandmas Hund und müsste ihr in deren neues Heim folgen. Allein bei der Vorstellung, wie sehr ich das kleine Kerlchen vermissen würde, wurde mir das Herz schwer. Sicher, wir würden uns regelmäßig sehen, aber es wäre nicht mehr dasselbe.

Liebevoll betrachtete ich das Hündchen, das mittlerweile tief und fest schlief, und wäre am liebsten den ganzen Tag bei ihr sitzen geblieben. Das jedoch war nicht möglich. Es galt, eine geklaute Tierfalle zu verstecken. Leise seufzend und auf Zehenspitzen, um sie nicht wieder zu wecken, verließ ich das Zimmer.

Draußen stieß ich auf Octocat, der mir kommentarlos folgte, was an sich schon merkwürdig war. Er sprach erst wieder, als ich die Hände auf eine Sprosse der Leiter legte, die zum Baumhaus hinaufführte.

„Was bitte hast du vor?", verlangte er zu wissen, klang jedoch kühl und irgendwie desinteressiert.

„Ich kümmere mich ums Geschäft", murmelte ich und konzentrierte mich voll und ganz auf meinen Aufstieg, denn die Leiter war nicht wirklich für

Menschen konzipiert und ich rechnete beinahe jeden Augenblick damit, dass sie unter mit zusammenkrachte.

Glücklicherweise schaffte ich es ohne Zwischenfall bis nach oben, schnappte mir das Metallding und war schon drauf und dran, es nach draußen auf den Boden zu feuern. In allerletzter Minute meldete sich jedoch mein Verstand zu Wort und warnte mich, dass ich damit die neue Nachbarin auf den Plan rufen könnte. Damit wäre der Diebstahl aufgeflogen, und den konnte ich ja wohl kaum auf den Waschbären schieben, ohne wie eine Verrückte dazustehen. Also kletterte ich, den Käfig fest an mich gepresst, einhändig wieder nach unten.

„Wieso befand sich der dort oben?" wollte mein Kater wissen, nachdem ich endlich wieder sicheren Boden unter den Füßen hatte. Natürlich bot er mir nicht seine Hilfe an, aber zumindest kritisierte er mich auch nicht.

„Pringle hat ihn der Alten nebenan gestohlen und als behelfsmäßiges Gefängnis für Paisley benutzt", erklärte ich ihm, und erneut überkam mich eine schreckliche Wut, als ich mich an die Szene erinnerte, die ich vorhin hier oben vorgefunden hatte.

Octocat schüttelte nur den Kopf. „Man sollte

wirklich ein Davey-Crockett-Souvenir aus diesem Kerl machen."

„Genau meine Rede!", rief ich aus.

Er nahm eine komplizierte Yoga-Pose ein, streckte sich und fuhr seine Krallen aus. „Es bedarf nur eines Wortes von dir, und ich kümmere mich um die Sache. Wie du sicherlich weißt, sind Katzen die elitärsten Jäger auf dem Erdball."

Ich verkniff mir, ihn darauf hinweisen, dass seine elitären Cousins allesamt Groß- und keine Hauskatzen waren, und dass er Pringle aufgrund dessen Intellekts und seiner großen Pfoten in jeglichem Kampf haushoch unterlegen wäre.

„Keine weiteren Auseinandersetzungen mehr", ordnete ich stattdessen mit strenger Stimme an, und gemeinsam umrundeten wir das Haus in Richtung Eingang. Just in diesem Moment bog ein weißer Lieferwagen mit dem Emblem des Bezirks in unsere Auffahrt ein. O weia. Das hatte bestimmt nichts Gutes zu bedeuten.

Ein uniformierter Beamter stieg aus und winkte mir zu. „Guten Morgen!", rief er mir anscheinend gut gelaunt zu, während vor meinem geistigen Auge immer mehr dunkle Wolken aufzogen.

„Hallo", presste ich hervor und bemühte mich, den Angstknoten hinunterzuschlucken, der sich in meiner Kehle gebildet hatte. Schnell setzte ich die Falle auf den Rasen ab und lief ihm eiligen Schrittes entgegen.

„Wofür ist die denn gedacht?", fragte er und deutete auf den Käfig.

Nur wenige Schritte von ihm entfernt, blieb ich stehen. „Sie meinen die Lebendfalle? Ich hatte heute Morgen einen Waschbären im Haus und hoffte, ihn damit fangen und wieder nach draußen bringen zu können."

„Und das wilde Tier befindet sich nach wie vor irgendwo drinnen, Miss?" Er griff nach dem Funkgerät, das an seinem Gürtel hing, und diese Geste jagte mir einen eiskalten Schauer über den Rücken.

„Nein, mittlerweile ist er verschwunden", versicherte ich ihm eilig und zuckte dann betont lässig mit den Schultern. „Das Teil ist als reine Vorsichtsmaßnahme gedacht, für den Fall, dass er nochmals wiederkommt."

Der Beamte runzelte die Stirn und zog die Hand zurück. „Nun, unabhängig von der aktuellen Situation … bei der Tierschutzbehörde ist eine Beschwerde eingegangen und ich wurde losgeschickt, um die Sache zu überprüfen."

„Ja, ich war gerade drüben bei der neuen Nachbarin, als sie den Anruf tätigte, und habe es mitbekommen. Eigentlich wollte ich sie nur kurz willkommen heißen, aber anscheinend ging mein Antrittsbesuch gründlich in die Hose." Ich lachte bitter auf.

„Dem Telefonat nach zu urteilen, das sie mit uns führte, war das wirklich keine gute Idee." Er schüttelte den Kopf und blickte in Richtung Auffahrt. „Die Dame scheint eine ziemlich unangenehme Zeitgenossin zu sein. Ich an Ihrer Stelle würde mich so gut wie möglich von ihr fernhalten."

„Zur Kenntnis genommen. Aber wie kann ich Ihnen nun helfen, Officer?"

Er sah mich direkt an, und ein trauriges Lächeln machte sich auf seinen Zügen breit. „Verstehen Sie mich bitte nicht falsch. Ich bin selbst ein großer Tierfreund und weiß, wie schwer es ist, in unmittelbarer Nachbarschaft einer Person zu leben, die unsere kleinen Lieblinge verabscheut. Allerdings war die Frau dermaßen hysterisch, dass wir in solch einem Fall einfach unserer Sorgfaltspflicht nachkommen müssen."

Während seiner ganzen Rede nickte ich verständnisvoll, während ich im Stillen darüber nachgrübelte, wie ich ihn am besten möglichst schnell wieder loswerden konnte. „Verstehe. Was brauchen Sie denn von mir?"

„Ich müsste die Microchips und Lizenzen aller Tiere überprüfen."

Ich deutete mit dem Kinn in Richtung Octocat, der unsere Unterhaltung aufmerksam, aber glücklicherweise schweigend verfolgte. „Für meine Katze habe ich so etwas nicht, aber ich kann Ihnen die Tierarztunterlagen zeigen, wenn das hilft?"

Er musterte ihn abschätzend, erwiderte dann jedoch: „Eigentlich reichen mir die Papiere Ihrer beiden Hunde."

„Wer ist dieser Clown überhaupt?", miaute mein Kater in just diesem Moment, hob das Bein über den Kopf und begann, sein Gemächt zu säubern. „Soll ich ihn meine Krallen spüren lassen?"

„Nein!", brüllte ich, was mir einen seltsamen Blick des Tierschutzbeamten einbrachte. „Ich meine, Nein, das ist nicht richtig. Ich habe nur einen Hund, und der gehört nicht einmal wirklich mir, sondern meiner Großmutter. Sie wohnt ebenfalls hier. Vielleicht, ähm, möchten Sie ja auch ihre Dokumente sehen?"

Mein Versuch, einen Witz zu machen, ging völlig in die Hose.

Der zuvor so sympathische Beamte beäugte mich nun misstrauisch. „Die Anruferin hat darauf beharrt, dass es zwei waren."

„Sie können gerne mit reinkommen und sich selbst überzeugen, aber hier wohnt außer der Katze wirklich nur noch ein Vierbeiner." Ich sollte mir mehr Mühe geben und etwas netter zu ihm sein. Immerhin war es nicht seine Schuld, dass die neue Nachbarin so durchgeknallt war.

„Und welcher wäre das? Der gestreifte oder der riesige schwarze ..." Er hielt kurz inne, um seine Notizen zu überprüfen. „Höllenhund?"

Bei dieser Beschreibung konnte ich mir ein Grinsen nicht verkneifen. „Wissen Sie was? Ich hole ihn kurz raus, zusammen mit dem nötigen Papierkram. Dann können Sie sich selbst von seinem Aussehen überzeugen."

Als ich mit Paisley auf dem Arm zurückkehrte, brach der Mann in schallendes Gelächter aus. „Riesig? Der dürfte doch selbst nass nicht mehr als zweieinhalb Kilogramm wiegen." Noch immer lachend, überprüfte er die Chipnummer und sah die Dokumente durch.

„Da hier alles in Ordnung ist, werde ich es heute bei einer Verwarnung belassen", erklärte er schließlich.

Ich wollte schon erleichtert aufatmen, als mir der Sinn seiner Worte bewusst wurde. „Eine Verwarnung wofür?"

„Ihre Nachbarin hat auf eine Anzeige wegen Hausfriedensbruch bestanden", erklärte er und presste die Lippen zu einem festen Strich zusammen.

„Das kann nicht Ihr Ernst sein! Ich bin doch nur kurz rübergegangen, um sie zu begrüßen und ihr ein paar selbstgebackene Muffins zu bringen."

„Nicht gegen Sie." Er deutete mit dem Kinn in Richtung Paisley, die nach wie vor in meinen Armen lag. „*Sondern gegen den Hund.* Technisch gesehen, lautet die Anklage auf „Freilaufender Hund."

„Das ist doch lächerlich!", wetterte ich und war nahe dran, direkt hinüberzumarschieren und der alten Krähe die Meinung zu geigen.

Er sog die Luft durch die Zähne ein und schüttelte bedauernd den Kopf. „Grundsätzlich ist die Dame leider im Recht. Ihr Hund hat auf deren Grundstück nichts zu suchen."

„Aha, okay." Ich sah hinunter auf den zappelnden Welpen in meinen Armen, während ich weitersprach. „Wir hatten uns einfach so daran gewöhnt, dass das Anwesen nebenan leer steht, aber gut. Ich werde dafür sorgen, dass Paisley sich künftig nicht mehr dort hinüber wagt."

„Das wäre für alle Beteiligten besser." Der Beamte streckte die Hand aus, um die Kleine zwischen den Ohren zu kraulen. „Es tut mir echt leid, dass Sie mit diesen Problemen zu kämpfen haben. Hoffentlich wird die Dame mit der Zeit etwas entspannter, obwohl ich das ehrlich gesagt bezweifle. Vielleicht sollten Sie über einen Zaun oder einen speziellen Hundeauslauf nachdenken?"

Das Ganze war absurd. Ich selbst hatte ja kein Glück gehabt, aber vielleicht konnte Grandma die Alte irgendwie zur Vernunft bringen? Dieser kleine Disput sollte sich doch gütlich regeln lassen, oder?

5

Wie sich leider schon bald herausstellte, war der Streit mit der neuen Nachbarin nichts, was sich so einfach beilegen ließ.

Nur wenig später kam Grandma von dem Tulpenfest zurück, dass sie mit ihrem Liebsten besucht hatte, und schwebte nach wie vor auf Wolke sieben. Kaum dass ich ihr von dem Wortwechsel mit der Alten und dem Besuch des Tierschutzbeauftragten erzählt hatte, setzte sie sich hinter das Steuer ihres kleinen roten Sportwagens und fuhr auf direktem Weg nach Misty Harbor, um aus dem dortigen Little Dog Diner ein paar unserer Lieblings-Hummerbrötchen zu besorgen.

„Die arme Frau muss von dem großen Umzug

doch völlig erschöpft sein", mutmaßte sie nach ihrer Rückkehr und hielt die weiße Papiertüte mit den Köstlichkeiten in die Höhe. „Und mit Sicherheit auch kurz vorm Verhungern. Ich bin überzeugt, dass es nichts gibt, was sich nicht mit ein wenig nachbarschaftlicher Liebenswürdigkeit aus der Welt schaffen lässt."

Zwar versuchte ich noch, sie vor diesem meiner Meinung nach verhängnisvollen Plan abzubringen, aber sie ließ sich nicht beirren.

Stattdessen rügte sie mich, ich solle etwas mehr Mitgefühl zeigen, nahm Paisley an die Leine und verschwand in Richtung des angrenzenden Anwesens. Octocat und ich ließen uns derweil am Esstisch nieder und verputzten unseren Anteil.

Ich war gerade dabei, mir nach dem letzten Bissen auch noch die Finger abzuschlecken, als Grandma mit einer zerknitterten, verschmutzten Tüte zurückkam.

„In meinem ganzen Leben ... ", polterte sie los und feuerte ihr gut gemeintes Mitbringsel in den Müll, „habe ich noch nie eine so verbitterte, widerliche, böse alte Hexe getroffen."

Paisley folgte ihr dicht auf den Fersen, den Schwanz zwischen die Beine geklemmt und den Körper tief auf den Boden gedrückt.

„So schlimm?", fragte ich mitfühlend.

„Schlimmer", erwiderte sie und verzog angewidert das Gesicht.

Irgendwie widerstand ich dem Drang, ihr ‚Hab ich's dir nicht gesagt ...' an den Kopf zu werfen und machte mir schon einmal im Geist eine Notiz, bei nächster Gelegenheit in den Gelben Seiten nach einem Zaunbauunternehmen zu suchen und mir ein oder zwei Angebote einzuholen. Abgesehen davon gab es nicht viel, was ich oder andere tun konnten, außer zu hoffen und zu beten, dass die Nachbarin – deren Namen wir nach wie vor nicht kannten – wieder verschwinden möge.

Je früher, desto besser.

Für den Rest des Tages passierte nichts mehr, was sich später als seltene und willkommene Erholungsphase erweisen sollte, denn bereits am nächsten Morgen stand die Tierschutzbehörde erneut auf der Matte. Dieses Mal war es ein anderer Beamter mit Fotos in Händen, die den unwiderlegbarer Beweis dafür lieferten, dass Paisley die unsichtbare Grenze zwischen unseren beiden Grundstücken um sage und schreibe sieben Zentimeter überschritten hatte.

Besagte Grenze verlief durch den Wald und war komplett von Gestrüpp und Sträuchern verdeckt. Ich wusste ehrlich gesagt nicht einmal, wo unser Garten endete und der des Nachbarn anfing. Sie offensichtlich schon, denn sie hatte sogar Überwachungskameras aufgestellt, die jede Bewegung entlang dieser unsichtbaren Linie erfassten. Jedenfalls wurde mein Argument, dass es sich dabei um eine Verletzung *meiner* Privatsphäre handelte, direkt entkräftet. Offensichtlich stand ich wieder einmal auf der falschen Seite des Gesetzes.

Natürlich versuchte ich, diese weitere unangenehme Sache aus dem Kopf zu bekommen, aber dieser Tag war genauso ruiniert wie der vorherige.

Am darauffolgenden Tag bekam ich zwar keinen ungebetenen Besuch, dafür flatterte mir ein Brief ins Haus. Darin stand, dass meine Weigerung, besser auf meinen Hund aufzupassen, dazu geführt hatte, dass dieser einen Hirsch von ihrem Grundstück verscheuchen konnte. Was bitte war das nur für eine Frau, die Hunde so sehr hasste und gleichzeitig verzweifelt versuchte, sich mit einem der Waldtiere anzufreunden?

Der Zettel war handgeschrieben, jedoch nur mit der Adresse versehen, ohne Angabe eines Namens. Noch irritierender war die Tatsache, dass der

Umschlag eine Briefmarke und einen Poststempel trug. Die verbitterte Alte musste ihn also zur Post gebracht haben, anstatt einfach kurz vorbeizukommen und ihn einzuwerfen, oder – Gott bewahre –, nochmals das Gespräch mit uns zu suchen.

Nach dieser kleinen Überraschungslieferung fuhr ich direkt zur Tierhandlung und kaufte einen großen Vorrat an Pinkelunterlagen. Bis wir den Zaun gesetzt hatten, würde Paisley ihr Geschäft wohl oder übel drinnen verrichten müssen. Das war zwar nicht ideal, aber so ziemlich die einzige Option, die uns blieb.

Ein paar Tage nach dem irritierenden Schreiben tauchte die Tierschutzbehörde ein drittes Mal auf und legte uns Fotos von Octocat vor, wie er sich auf der Veranda der Nachbarin erleichterte.

Als ich ihn damit konfrontierte, grinste er mich nur selbstzufrieden an. „Jemand musste dieser Frau ja mal die Quittung für ihr Verhalten präsentieren. Sie hat dich verärgert, also habe ich auf ihre Veranda gepinkelt. So etwas nennt sich ausgleichende Gerechtigkeit."

Einerseits war ich gerührt von seinen Bemühungen, meine Ehre zu verteidigen, andererseits aber auch verärgert, dass er uns dadurch nur noch mehr Probleme bereitete.

Also versiegelten wir im nächsten Schritt die Katzenklappe, denn so ein Zaun würde meinen Kater mit Sicherheit nicht von weiteren Exkursionen zum Nachbargrundstück abhalten. Das hatte ich bereits auf die harte Tour lernen müssen – und zwar schon viele Male: Wenn ich ihm einen Befehl erteilte, tat er genau das Gegenteil davon.

Wenn nur bald jemand auftauchen würde, um besagten Zaun zu setzen! Bisher war ich bei keiner der Firmen, die ich kontaktiert hatte, erfolgreich gewesen. Sie alle behaupteten, aufgrund des warmen Wetters ellenlange Wartelisten zu haben, und diese Aufgabe allein mit Grandma zu bewältigen, erschien mir ein Ding der Unmöglichkeit. Nicht bei solch einem riesigen Anwesen. Vielleicht fände Charles die Zeit, uns zu helfen, sobald er seinen aktuellen Fall abgeschlossen hatte.

Was auch immer, ich war ziemlich verzweifelt.

* * *

Die arme Paisley wurde mit jedem Tag, den sie drinnen verbringen musste, deprimierter. Selbst Octocat, der es im Allgemein vorzog, im Haus zu bleiben, fing nun, da er nicht mehr die Wahl hatte, an, lautstark zu protestieren. Und das ohne Unterlass. Dank der lächerlichen Erwartungen unserer neuen Nachbarin fühlte sich mein Zuhause nicht mehr wie meines an.

„Zumindest du ziehst ja in einem knappen Monat von hier weg in ein neues Heim, und dort wird wieder alles so sein wie immer", tröstete ich Paisley und versuchte, sie aufzumuntern. Das jedoch erinnerte sie nur erneut daran, dass wir die Haushalte nach der Hochzeit aufteilen würden, und stürzte sie in eine noch größere Verzweiflung.

Es zerriss mir das Herz, sie so zu sehen, aber ehrlich gesagt wusste ich nicht, was ich sonst noch hätte tun können, um die Lage zu verbessern, vor allem, weil die Tierschutzorganisation mich bei jedem Besuch daran erinnerte, dass die neue Nachbarin trotz ihres kleinlichen Verhaltens technisch gesehen im Recht war. Zudem wurde ich für Octocats Aufsässigkeit auch noch zu einer saftigen Geldstrafe verdonnert, was mir schon gar nicht einleuchten wollte.

Wer bitte hatte denn seine Katze Tag und Nacht unter Kontrolle?

* * *

Nach vollen zwei Tagen ohne weitere Zwischenfälle bekamen wir Besuch von der Polizei. Bei ihnen war eine Lärmbeschwerde eingegangen. Offenbar hatte Pringle zu laut ferngesehen. Nach dem ganzen Drama mit der Nachbarin, das sich bereits über eine Woche hinzog, hatte ich natürlich völlig vergessen, meine Drohung wahrzumachen und ihm seine elektronischen Geräte wegzunehmen. Man wies uns an, den Ton zukünftig leiser zu stellen und mehr Rücksicht zu nehmen. Allerdings konnte ich seinen Fernseher in unserem Haus nicht hören ... Wie also um alles in der Welt sollte das der Alten dort drüben möglich sein?

* * *

Tags darauf stand erneut die Tierschutzbehörde vor unserer Tür. Dieses Mal waren sie auf der Suche nach dem zweiten Hund, von dem die Nachbarin schwor, dass er in ihrem Garten herumstreunte und ihre Mülltonnen umwarf. Vielleicht sollte die Gute mal ihr Augenlicht überprüfen lassen.

Ich bat die Beamten herein, so dass sie sich selbst davon überzeugen konnten, dass es keinen weiteren Vierbeiner gab, und schlug höflich vor, doch so allmählich einmal in Erwägung zu ziehen, der Alten ihre Zeit in Rechnung zu stellen.

Im Ernst, je mehr wir versuchten, desto schlimmer wurde es. Nicht einmal meine liebenswerte Großmutter schaffte es, sich die Gunst dieser Frau zu sichern. Grandma war nach dem Gespräch und den nicht enden wollenden Besuchen der Tierschützer dermaßen aufgebracht, dass sie sogar einen befreundeten Makler engagierte, der in Erfahrung bringen sollte, ob wir der Alten das Haus nebenan nicht direkt zu einem vernünftigen Preis abkaufen könnten. „Dann trenne ich mich einfach von meinem alten Heim und ziehe drüben ein. Somit wären wir Nachbarn und gleichzeitig das weltweit größte Ärgernis los."

Leider kam dieses Geschäft nicht zustande, und am nächsten Tag erhielten wir per Post einen weiteren Brief:

„Ich weiß, dass Sie es waren.

Unterschrift:

Haus Nr. 304

6

Die Kontrollbesuche der Tierschutzbehörde und Polizei wurden zu einem festen Ritual, und allmählich war ich so weit, dass ich am liebsten selbst auf die Veranda der zänkischen Alten gepinkelt hätte. Wenn ich schon wiederholt für Dinge bestraft wurde, für die ich nichts konnte, sollten sie mich zu Abwechslung doch einmal für etwas zur Rechenschaft ziehen, *das* ich getan hatte.

Diese Vorstellung amüsierte mich, aber natürlich würde ich mich nie dazu herablassen. Genau genommen unternahm ich überhaupt nichts, außer mich bis zum Abwinken bei Charles zu beschweren und damit zu ruinieren, was eigentlich als romantischer Abend angedacht war.

Außerdem fragte ich meinen Anwalt-Verlobten, ob ich die doofe Nachbarin nicht wegen Belästigung oder seelischer Qualen verklagen könnte ... Ob es nicht irgendetwas gab, um sie dazu zu bringen, uns in Ruhe zu lassen.

Er versprach, sich bei einigen Präzedenzfällen schlau zu machen, befürchtete aber, es wäre nicht den Aufwand und die Kosten eines Gerichtsverfahrens wert. Immerhin erklärte er sich bereit, uns bei unserem Zaunprojekt zu helfen, sollte ich bis zum Wochenende keine Firma gefunden haben.

Das setzte natürlich voraus, dass ich bis dahin überlebte und nicht an meiner Wut erstickte, was mir zum aktuellen Zeitpunkt als eine ziemlich hohe Erwartung an mich selbst erschien.

Als ich an diesem Abend von meinem Date zurückkehrte, war ich erschöpft und wütend auf mich selbst, weil ich es zuließ, dass diese verrückte Alte mich so runterzog. Und diese Wut steigerte sich ins Unermessliche, als ich Polizeilichter vor dem Nachbaranwesen aufblinken sah.

Meine Güte! Was war denn jetzt schon wieder vorgefallen? Nun ja, das würde ich noch früh genug erfahren, wenn die Beamten im Anschluss bei mir vorbeikamen, um mich aufgrund eines neuerlichen Vergehens zu verwarnen.

Diese Frau machte mich wahnsinnig, und inzwischen hatte ich die Nase gestrichen voll von ihren Mätzchen. So beschloss ich, anstatt den Besuch der Polizisten abzuwarten, direkt hinüberzugehen und selbst herauszufinden, was los war. Allerdings würde ich diesmal nicht die Abkürzung durch den Wald, sondern brav die Straße nehmen.

Normalerweise war ich kein streitlustiger Mensch, aber diese Dame hatte es einfach zu weit getrieben. Mit ansehen zu müssen, wie meine Tiere von Tag zu Tag mürrischer und apathischer wurden, ohne die geringste Aussicht auf Besserung der Situation, hatte das Fass zum Überlaufen gebracht. Ich musste und würde etwas unternehmen, um meinen Besitz und meine Lieben zu verteidigen und unser Leben wieder in normale Bahnen zu lenken. Was wäre ich denn sonst für eine Tierhalterin?

Als ich die Auffahrt hinaufstürmte, bemerkte ich neben mehreren Autos auch noch einen Krankenwagen. Da schien sich die alte Hexe ja etwas ganz Besonderes ausgedacht zu haben.

Zum Glück entdeckte ich in der Menge meinen alten Freund, Officer Bouchard. Er hatte mir bei unserer allerersten Begegnung das Leben gerettet. Vielleicht gelang ihm heute Ähnliches, was meinen Verstand anbelangte.

Ich winkte, rief ihm einen knappen Gruß zu und beschleunigte mein Tempo, um den Abstand zwischen uns zu verringern. Seltsamerweise konnte ich meine Nachbarin nirgends entdecken, obwohl sie doch normalerweise mitten im Geschehen zu finden war.

„Hör zu", begann ich, während ich mich erfolglos bemühte, eine freundliche Miene zur Schau zu tragen, „welche Beschwerde auch immer diese schreckliche Frau dieses Mal vorgebracht haben mag, ich versichere dir, sie ist völlig unbegründet. Seit sie hier eingezogen ist, hat sie nichts anderes getan, als mir das Leben zu Hölle zu machen. Sie …"

Officer Bouchard legte mir eine Hand auf die Schulter und brachte mich damit zum Schweigen. „Sie ist tot", erwiderte er und räusperte sich dezent.

Im ersten Moment war ich mir sicher, mich verhört zu haben. „Tot?" Wie konnte das möglich sein? Das war sicher nur ein weiterer ihrer Tricks. Mittlerweile würde ich es ihr sogar zutrauen, ihr Ableben vorzutäuschen und das ebenfalls mir anzuhängen.

„Mausetot", bestätigte mein Freund in Blau. „Komm mit." Er deutete mir an, ihm hinters Haus zu folgen, wo ein kleiner Schuppen stand. Der gesamte

Bereich war mit einem leuchtend gelbem Tatortband abgesperrt.

Hmm. Wenn das tatsächlich ein Trick war, dann aber ein extrem raffinierter.

„Wir müssen natürlich noch den offiziellen Bericht des Gerichtsmediziners abwarten, sind uns aber ziemlich sicher, dass die Todesursache ein Unfall war", erklärte er und zeigte mit dem Finger ins Innere. „Sieh selbst."

Ich wagte mich näher an das Hüttchen heran und entdeckte meine Nachbarin auf dem Boden liegend. Ihre Beine waren in die Luft gestreckt, und ein riesiger Leinensack bedeckte Gesicht und Brust. Was auch immer sich darin befinden mochte, sah schwer aus.

„Was ist passiert?", murmelte ich, unfähig, meinen Blick abzuwenden.

„Anscheinend ist dieser Sack mit Wildfutter überraschend aus dem obersten Regal heruntergefallen und hat sie am Kopf getroffen, so dass sie bewusstlos wurde." Er zeigte auf den scharfen Metallrahmen des gegenüberliegenden Regals. „Bei ihrem Sturz hat sie sich dann eine schwere Schädelverletzung zugezogen und ist verblutet, bevor Hilfe eintreffen konnte."

Tatsächlich, eine klebrige Pfütze hatte sich auf den Holzdielen ausgebreitet und sie rot gefärbt. Ein ekelerregender Geruch nach Eisen lag in der Luft, und ich kämpfte gegen die aufsteigende Übelkeit an. Wäre ich zu Hause gewesen, hätte ich den Aufprall gehört? Wäre ich herübergekommen, um nach ihr zu sehen? Nein, erkannte ich mit düsterer Gewissheit. Ich hätte mir nicht einmal die Mühe gemacht, über das ungewohnte Geräusch nachzudenken.

Ich trat zurück und wandte mich, eine Hand fest gegen die Brust gepresst, von der grausigen Szene ab. Officer Bouchard folgte mir und sprach mir sein Beileid aus, obwohl eigentlich schon die Worte bei meiner Ankunft am Tatort hätten deutlich machen müssen, dass ich alles andere als ein Fan der alten Dame gewesen war.

„Darf ich dich mal was fragen?", erkundigte ich mich, nachdem ich die aufsteigende Galle erfolgreich hinuntergeschluckt hatte. Als er zustimmend nickte, fuhr ich fort: „Wie hieß sie eigentlich? Das hat sie uns nämlich nie verraten." Irgendwie schien es mir wichtig, ihren Namen zumindest jetzt zu erfahren.

Er sah in seinen Notizen nach und stieß einen leisen Pfiff aus. „Anscheinend handelt es sich um eine Miss Miller, Angela Miller."

Wie bitte? Angela? Das war ja unglaublich!

Gut, es war natürlich kein sonderlich ausgefallener Name, trotzdem berührte mich die Erkenntnis, dass meine Erzfeindin genauso hieß wie ich, auf seltsame Weise. Trotz all der Scherereien, die sie mir in den letzten zwei Wochen bereitet hatte, machte diese simple Enthüllung sie irgendwie menschlicher. Und plötzlich überkam mich eine gewisse Traurigkeit.

Was mochte im Leben dieser Angela passiert sein, dass sie zu einer solch hartherzigen Frau wurde? Einer Person, für die es einfacher war, einen Brief per Post nach nebenan zu schicken, anstatt einfach vorbeizukommen und zu reden? Sie musste unglücklich und einsam gewesen sein. Sehr, sehr einsam.

Hätte ich etwas anders machen können? Vielleicht etwas mehr Geduld aufbringen und ihr mehr Zeit geben sollen, sich uns gegenüber zu öffnen. Wäre das überhaupt möglich gewesen?

„War es ein schneller Tod?", fragte ich und hob die Hand, um an einem eingerissenen Nagel herumzukauen, der mich schon den ganzen Tag über nervte.

„Ich fürchte nein, aber da sie ja scheinbar bewusstlos war, hat sie den Schmerz hoffentlich nicht richtig wahrgenommen."

„Oh." Ich schaute zurück in den Schuppen, auf die unglückliche Leiche, den schweren Sack auf ihrer Brust und das Blut unter ihr. An der rückwärtigen Wand entdeckte ich diverse Gartengeräte, Beutel mit

Dünger und ein paar weitere Leinensäcke wie jener, der die alte Angela bewusstlos geschlagen hatte. Allesamt waren wesentlich kleiner. Warum hatte sie ausgerechnet nach dem größten Sack gegriffen, wenn es noch andere, leichtere gab, die sie hätte nehmen können? Dann wäre sie jetzt noch am Leben.

Ich konnte mich nicht einmal darüber freuen, dass meine Probleme schlagartig aus der Welt geschafft waren ... nicht, wenn jemand dafür sterben musste.

Gerade, als ich mich bei dem Officer bedanken und nach Hause zurückkehren wollte, um Grandma und den Haustieren die Neuigkeiten mitzuteilen, drang ein schreckliches Donnern an unsere Ohren, gefolgt von einer Art panischen Gebrülls.

Officer Bouchard griff nach seiner Waffe und zielte in die Richtung, aus der das Geräusch gekommen war, wobei er mich aufforderte, hinter ihm in Deckung zu gehen.

Ich jedoch ignorierte seinen Befehl und rannte schnurstracks in den Wald hinein ...

7

mmer tiefer arbeitete ich mich in das Dickicht vor, wobei ich einer Spur aus seltsamen gelben Luftschlangen folgte. Die Polizei und die Sanitäter blieben zurück, aber sie wussten ja auch nicht, was hier vor sich ging. Ich hingegen schon.

„Warte", rief ich, während ich vorsichtig über einen heruntergefallenen Ast stieg, mir dabei aber trotzdem den Knöchel verrenkte. „Lass mich dir helfen!"

Leider konnte ich nicht mit dem Objekt meiner Verfolgung mithalten, und bald war es mitsamt der tanzenden gelben Bänder aus meinem Blickfeld verschwunden.

„Was war das denn?", fragte Officer Bouchard, als ich unverrichteter Dinge zu der kleinen Menschenmenge im rückwärtigen Garten meiner verstorbenen Nachbarin zurückkehrte. „Und warum in Gottes Namen bist du ihm hinterhergelaufen?"

Ich beugte mich nach unten und stützte mich mit den Händen auf den Knien ab. Selbst nach dieser kurzen Anstrengung war ich wieder einmal völlig außer Puste. Grandma würde mir eine saftige Standpauke halten, wenn sie erfuhr, wie sehr ich mich seit der Beendigung unserer morgendlichen Jogginggrunden hatte gehen lassen.

„Ein großer Hirsch", keuchte ich. „Er kam zu nahe heran und hat sich mit seinem Geweih in dem Band rund um den Tatort verheddert. Der arme Kerl war zu Tode erschrocken."

Bouchard seufzte und schüttelte den Kopf. „Ein verängstigtes Tier ist gefährlich, was bedeutet, dass du bei dieser gedankenlosen Aktion schwer verletzt hättest werden können. Was glaubst du, was deine Großmutter mit mir anstellen würde, wenn dir unter meiner Aufsicht etwas zustieße?"

Ich richtete mich wieder auf und schluckte schwer. „Du hast völlig recht. Tut mir leid." Es war einfacher, sich zu entschuldigen, als zu erklären, warum mir mit Sicherheit nichts passiert wäre. Grandma liebte es ja, allen möglichen Personen von meiner geheimen Gabe zu erzählen, aber ich hielt lieber den Mund.

Der Beamte klopfte mir freundschaftlich auf die Schulter. „Na ja, es ist ja nichts geschehen, aber du solltest zukünftig etwas vorsichtiger sein, versprochen? Wir haben nur eine Angie Russo in dieser Stadt, und ich würde sie gerne behalten."

Ich würde mich bemühen. Leider hatte ich es in den letzten paar Jahren schon mit jeder Menge Leichen zu tun gehabt. Und die von Miss Miller schlug mir mehr aufs Gemüt als alle anderen zusammen. Was vielleicht an dem gemeinsamen Namen lag. Oder eben daran, dass ich sie so sehr gehasst hatte und mich deswegen jetzt irgendwie schuldig fühlte.

Was auch immer der Fall sein mochte, ich wollte nur noch nach Hause.

„Ich lasse euch dann mal weiterarbeiten", verkündete ich mit einem recht verkrampften Lächeln. „Und bitte melde dich, wenn Großmutter und ich etwas tun können, um bei den Ermittlungen zu helfen."

Er streckte die Hände über den Kopf und gähnte herzhaft. „Es wird keine Ermittlungen geben. Für uns ist das ein klarer Unfalltod. Sobald wir das Verfahren eingestellt haben, werden wir die Sache an die nächsten Angehörigen übergeben, vorausgesetzt, wir finden welche."

„Oh." Ich wusste nicht, was ich darauf sagen sollte. Die ganze Situation war einfach nur traurig und unerfreulich. „Dann viel Glück."

Mit hängendem Kopf machte ich mich auf den Rückweg und fragte mich unterwegs immer wieder, ob ich nicht doch unwissentlich zu dem vorzeitigen Ableben der anderen Angela beigetragen hatte. Immerhin hatte ich ihr in den letzten Wochen viele negative Gedanken geschickt und mir des Öfteren gewünscht, sie möge ein für alle Mal verschwinden. Aber natürlich hätte ich nie gewollt, dass sie deswegen gleich stirbt, nur weil sie mir auf die Nerven ging. Okay, sie ging mir schon gehörig auf die Nerven, aber trotzdem ... Egal, für all diese Überlegungen war es jetzt eh zu spät.

Den Blick nach wie vor fest auf den Boden geheftet, umrundete ich das herrschaftliche Anwesen, mehr als bereit, nach Hause zurückzukehren, in meinen Lieblingspyjama zu schlüpfen und die Neuigkeiten mit den anderen zu teilen. Wäre ich normal gelaufen, hätte ich die staubigen Spuren, die zum Kellerfenster führten, auch nie bemerkt. So jedoch stachen sie mir direkt ins Auge. Ich hielt abrupt inne und betrachtete stirnrunzelnd die Villa. Vielleicht hatte sich die alte Frau irgendwann einmal ausgesperrt und nach einer Alternative gesucht, wieder hineinzugelangen, aber irgendwie hatte ich meine Zweifel an dieser Theorie. Die Abdrücke waren riesig, viel größer als meine eigenen und auch größer als die zierlichen Füße, die aus dem Schuppen herausragten.

Jemand, wahrscheinlich ein Mann, hatte sie ausspioniert. Aber warum?

Von den Umzugsleuten, die sie so mies behandelt hatte, konnte es keiner gewesen sein. Der heftige Regen vor ein paar Tagen hätte ihre Spuren längst weggespült. Nein, wer auch immer das war, musste erst kürzlich hier herumgeschlichen sein.

Sicherlich, die Tierschutzbehörde war ebenfalls ein regelmäßiger Gast auf dem Anwesen. Aber welchen Grund sollten die Beamten gehabt haben, durchs Kellerfenster zu spähen? Alles sehr merkwürdig.

Einen Moment lang überlegte ich, ob ich meine Beobachtung mit Officer Bouchard teilen sollte, aber der war ja der festen Überzeugung, dass es sich bei Miss Millers' Tod um einen Unfall handelte. Ich jedoch hatte da so meine Zweifel. Wenn die neue Nachbarin sich Grandma und mich so schnell zu Feinden gemacht hatte, wie viele weitere musste sie sich im Laufe ihres Lebens noch geschaffen haben?

Der Art und Weise nach zu urteilen, wie sie allein mit den Leuten von der Umzugsfirma umgesprungen war, würde ich mal vermuten, dass die Wenigsten mit ihr zurechtkamen. Das ließ die Liste der Verdächtigen natürlich unendlich lang werden.

Wo also sollte ich anfangen? Im Prinzip wusste ich rein gar nichts über diese Angela Miller, weder über ihre Vergangenheit noch über die kurze Zeit, in der sie hier gewohnt hatte. Die Ermittlungen würden also einem Blindflug gleichen.

Nein, ich musste die Polizei über meine Entdeckung informieren. Der standen immerhin ein paar mehr Kanäle zur Verfügung als einer kleinen, unerfahrenen Privatdetektivin.

Ich war bereits weit über den Punkt der geistigen Erschöpfung hinaus, als ich in den hinteren Garten zurückkehrte und Officer Bouchard plaudernd mit einer der am Tatort befindlichen Sanitäterinnen vorfand.

„Hast du etwas vergessen?", erkundigte er sich mit einem wissenden Funkeln in den Augen. Klar, er kannte mich lange genug, um zu ahnen, dass mir die Sache keine Ruhe ließ.

Eine leichte Brise streifte mich und ließ mich frösteln. Schnell schlang ich die Arme um meinen Oberkörper und erklärte: „Ich habe etwas Seltsames entdeckt und mich gefragt, ob du dir das nicht kurz mal ansehen könntest?"

Er murmelte etwas in Richtung seiner Gesprächspartnerin und folgte mir dann nach vorne.

„Schau mal, hier." Ich deutete auf die Stiefelabdrücke vor dem Kellerfenster. Gut. Jetzt wusste er Bescheid, und ich konnte den Fall getrost in seine Hände legen. Miss Miller hatte mich sowieso gehasst und mit Sicherheit nicht gewollt, dass ich in Sachen ihres Ablebens ermittle.

„Was genau soll ich mir ansehen, Angie?" Officer Bouchard blinzelte und ging in die Hocke.

„Die Spuren zeigen in Richtung Fenster. Jemand muss versucht haben, entweder hineinzuschauen oder sogar ins Innere zu gelangen." Mit weit aufgerissenen Augen verkündete ich meine Theorie, aber er schien weder sonderlich interessiert noch beunruhigt. Er schüttelte nur den Kopf und erwiderte: „Hmm. Das glaube ich eher nicht."

Merkwürdig. Warum tat er meine Bedenken so schnell ab? Ich kannte ihn nach all den Jahren gut genug, um kein falsches Spiel zu vermuten, aber dass er nicht einmal gewillt war, den neuen Beweis in Betracht zu ziehen, fand ich definitiv seltsam.

„Was macht dich so sicher, dass es keine Spur ist? Ich meine, überleg doch mal. Womöglich war ihr Tod

doch kein Unfall." Nervös biss ich mir auf die Unterlippe und wartete auf seine Antwort.

Er jedoch hob lediglich einen Fuß hoch und
zeigte mir seine Schuhsohle. „Das Profil stimmt mit
dem Abdruck überein, siehst du?"

Ich verglich die Mischung aus geraden Linien
und Spiralen auf dem Boden mit der auf der Unter-
seite seines Stiefels. Tatsächlich, eindeutig identisch
… bis auf ein winziges Detail.

„Aber deine Sohle ist viel kleiner als dieses Paar
hier", merkte ich an und hoffte, diese Äußerung
würde ihn nicht beleidigen. Männer waren ja
manchmal etwas eigen, was Größenverhältnisse
anbelangte.

„Gut möglich, aber sie könnten von jemand
anderem aus meinem Team stammen. Wir tragen alle
die gleiche Art Stiefel." Er setzte den Fuß wieder ab
und runzelte die Stirn. „Ich befürchte, du suchst nach
Rauch, wo kein Feuer ist, Angie. Ich weiß, dieser
Vorfall ist beängstigend, aber sei versichert, dass es
sich bei dem, was deiner Nachbarin widerfahren ist,
um nichts anderes als gutes, altmodisches Pech
handelt."

„Tja, wenn du dir sicher bist … " Ich schlang die
Arme erneut um den Oberkörper, weil mir das ein
klein wenig Trost gab. Ob Officer Bouchard mir nun

zustimmte oder nicht, irgendetwas fühlte sich hier komplett falsch an.

Er bedachte mich mit einem freundlichen Lächeln. „Mehr als sicher. Oder kannst du dir vorstellen, dass jemand einen Futtersack als Mordwaffe verwenden würde?"

Leider konnte ich das nur zu gut.

8

st deine Dating-Nacht nicht so gut verlaufen wie erhofft?", fragte Grandma, als ich mich schweren Schrittes ins Haus schleppte. „Sag bloß nicht, die Hochzeit ist geplatzt!"

„Nein, zwischen Charles und mir ist alles in Ordnung", murmelte ich, streifte meine Schuhe ab und lehnte mich seufzend gegen die Tür. „Auf unsere Nachbarin trifft das allerdings weniger zu."

Im Handumdrehen war sie an meiner Seite. „O nein, was hat die böse Hexe sich denn jetzt wieder ausgedacht? Ich hätte gute Lust, rüberzugehen und ihr eine reinzuhauen. Es ist doch nur … "

„Grandma", unterbrach ich sie und holte erst einmal tief Luft, bevor ich die grausame Wahrheit aussprach. „Sie ist tot."

Ein erstickter Laut entrang sich ihrer Kehle und verriet mir, dass sie sich ähnlich fühlen musste wie ich vorhin, als ich die schreckliche Nachricht erhielt.

Octocat kam fröhlich die Treppe heruntergetrabt, den Schwanz hoch erhoben. „Nun, ein Problem weniger."

Ich drehte mich so schnell zu ihm um, dass ich fast den Halt verloren hätte und nach dem Geländer greifen musste, um mich abzufangen. „Octavius Maxwell Ricardo Edmund Frederick Fulton Russo, und bald auch noch Longfellow … Wie kannst du es wagen, so zu reden? Eine Frau ist tot!"

Er ließ sich auf die unterste Stufe plumpsen und bedachte mich mit einem eisigen Blick. „Erstens: Ich werde *nicht* Kotzbrockens Namen annehmen. Noch einmal so ein blöder Vorschlag, und ich lasse auch Russo wieder aus meinem offiziellen Titel entfernen." Er legte eine dermaßen lange Pause ein, dass ich ihm fast geantwortet hätte, wüsste ich nicht, dass mein Kater ungehalten reagierte, wenn man ihn inmitten seines Monologs unterbrach. Und tatsächlich, irgendwann nach einer gefühlten Ewigkeit fuhr er fort.

„Zweitens: Diese Hexe hat uns das Leben zur Hölle gemacht. Natürlich könnten Grandma und du jetzt so tun, als wärt ihr geschockt, aber ich kenne die

Wahrheit. Ihr habt sie gehasst und seid ebenso froh wie wir Tiere, dass sie weg ist."

„Jetzt reicht's aber!" Mit diesen Worten hatte er mich dermaßen wütend gemacht, dass ich sogar zu zittern anfing. Wie konnte er nur so gleichgültig daherreden? Das sah selbst ihm nicht ähnlich. „Geh sofort auf dein Zimmer und denk über dein unangemessenes Verhalten nach."

Er jedoch lachte nur schadenfroh auf. „Mein Haus, meine Regeln. Oder hast du vergessen, dass du hier lediglich geduldet bist?" Eine weitere lange Pause unterstrich diese unverschämte Bemerkung. „Ich verstehe natürlich, dass du all das erst noch verarbeiten musst, aber das ist noch lange kein Grund, deine Launen an mir auszulassen. Wenn du mir jetzt bitte mein Evian auffüllen würdest? Ich bin nämlich durstig."

„Ich nehme an, er hat gerade etwas Gemeines gesagt?", mutmaßte Grandma neben mir. Manchmal beneidete ich sie wirklich darum, dass sie seine permanenten gehässigen Kommentare über unser Leben nicht verstehen konnte.

„Sagt er je etwas Nettes?", fragte ich und hätte ihn am liebsten mit meinen Blicken erdolcht.

Er jedoch verlagerte lediglich sein Gewicht von einer Pfote auf die andere und wirkte nach wie vor gelangweilt. „Ihr Menschen seid manchmal so was von schwach, weil ihr euch stets an eure Moralvorstellungen klammert. Und dann beschwert ihr euch ständig darüber, dass das Leben nicht fair sei. Eine Katze hingegen, als das überlegene intellektuelle Wesen, das sie nun mal ist, sieht die Welt genauso, wie sie ist. Meiner Meinung nach wurde der Gerechtigkeit Genüge getan und die Alte hat genau das bekommen, was sie verdiente. Und jetzt hör auf, auf mir herumzuhacken." Mit diesen Worten machte er auf dem Absatz kehrt und schlenderte davon.

„Habe ich dir nicht gesagt, du sollst dich von Twitter fernhalten?", brüllte ich ihm noch hinterher. Es war definitiv ein schwerer Fehler gewesen, ihm beizubringen, wie man Apps auf ein iPad herunterlädt. Zwar bezweifelte ich, dass er in der Lage war, seine eigenen Tweets zu tippen und einzustellen, aber es reichte schon, dass er sich den Slang derartiger Foren angeeignet hatte. Sollten Pringle und er jemals die Köpfe zusammenstecken und erkennen, dass der Kater über das nötige technische Wissen und der Waschbär über die flinken Finger verfügte, dann gute Nacht Internet!

Wie auch immer, das war im Moment nicht mein vorrangiges Problem. „Die Polizei sagte, es sei ein Unfall gewesen", informierte ich Grandma im

Flüsterton, damit Octocat nichts davon mitbekam und noch weitere schräge Kommentare abgeben konnte.

Sie zog eine Augenbraue hoch. „Und du bist anderer Meinung, oder?"

„Du kennst mich einfach zu gut", seufzte ich, wobei diese Aussage normalerweise von einem Lachen begleitet wurde. „Ja, aufgrund der großen Fußabdrücke vor dem Kellerfenster. Jemand hat hineingeschaut oder vielleicht sogar einen Einbruch geplant."

„Meinst du, dass …?"

„Angela!", fauchte mein Kater und unterbrach unsere Unterhaltung auf ziemlich unhöfliche Weise. „Wo bleibt mein Evian? Wenn ich nicht bald etwas zu trinken bekomme, besteht die Gefahr, dass ich ein weiteres meiner wenigen verbliebenen Leben durch Austrocknen verliere. Und das wollen wir doch wohl beide nicht."

Stöhnend setzte ich mich in Bewegung. „Bin gleich zurück. Seine königliche Nervensäge hat einen Wunsch, der nicht warten kann."

„Das habe ich gehört!", murrte er protestierend.

„Umso besser!" Manchmal fühlte ich mich wirklich, als wäre ich die Mutter des widerspenstigsten Teenagers der Welt. Aber so war ich wenigstens schon mal auf das Schlimmste gefasst, sollten Charles und ich eines Tages Kinder bekommen.

Entnervt stapfte ich hinüber in die Küche, wusch seine Lieblingstasse per Hand aus, holte eine frische Flasche Evian aus der Speisekammer und schenkte ihm eine ordentliche Portion ein. Während der gesamten Prozedur strafte mich der kleine Schurke mit eisigem Schweigen. Das nächste Mal, so schwor ich mir, würde ich ihm Toilettenwasser kredenzen.

Da dieser Job nun erledigt war, verließ ich eiligen Schrittes den Raum und gesellte mich wieder zu Grandma, die mittlerweile mit einer schniefenden Paisley auf dem Schoß im Wohnzimmer auf der Couch saß.

„Ich nehme an, du hast mitbekommen, was mit der neuen Nachbarin passiert ist?“, fragte ich die kleine Hündin und blickte sie neugierig an.

Sie schaute mit großen, funkelnden Augen zu mir auf. „Ist sie meinetwegen gestorben?“

„Aber nein!“, antwortete ich mit Nachdruck. „Dich trifft überhaupt keine Schuld.“

Trotzdem hörte sie nicht auf zu wimmern. „Vielleicht hat sie sich bei meinem Anblick zu Tode erschreckt.“

„Nein, mein Schatz. Ein riesiger Futtersack fiel auf sie herunter. Sie wurde bewusstlos, stürzte zu

Boden und schlug sich dabei den Kopf auf. Und da die Wunde sehr groß war, ist sie verblutet", fasste ich die Ereignisse in knappen Worten zusammen. Natürlich taten wir alle immer so, als wäre Paisley gar nicht so winzig, vor allem, weil sie sich selbst für einen großen, furchteinflößenden Hund hielt. Diese Unsitte schienen alle kleinen Hunde innezuhaben. Dennoch durfte ich nicht zulassen, dass sie sich für etwas verantwortlich fühlte, das absolut nichts mit ihr zu tun hatte.

„Autsch! Das klingt übel", warf Grandma ein. Auch sie hörte die genaueren Umstände des Todes jetzt, als ich sie dem Hündchen schilderte, zum ersten Mal, da ich vorher noch keine Zeit für ausführliche Erklärungen gehabt hatte.

„Dennoch bin ich mir sicher, dass es nicht so abgelaufen ist." Schulterzuckend brach ich ab, weil ich für die beiden stark sein wollte, obwohl ich innerlich noch immer total aufgewühlt war.

„Mami, was ist eigentlich die Hölle?", fragte die Kleine mit ihrer süßen, singenden Stimme.

Natürlich wählte Octocat genau diesen Moment für einen seiner weiteren großen Auftritte. „Das ist dort, wo die alte … "

„Halt die Klappe, Octocat!", brüllte ich, bevor er seinen Gedanken laut aussprechen konnte. Dann

wandte ich mich wieder dem verängstigten Hündchen zu und fragte leise: „Wie kommst du ausgerechnet jetzt auf die Hölle?"

„Die alte Dame. Sie hat mich doch einen Höllenhund genannt. Ich weiß, was ein Jagdhund ist, aber
die Bedeutung von Hölle kenne ich nicht. Was also
meinte sie damit, Mami?"

„Ach du meine Güte." Großmutter setzte einen
besorgten Gesichtsausdruck auf, während sie Paisley
über das Köpfchen streichelte. „Eigentlich wollte ich
die Tiere nicht mit Religion belästigen, aber da sie ja
sprechen können, haben sie diese Dinge anscheinend
auch verstanden. War das meine Schuld? Hätte ich
die beiden schon längst einmal mit in die Kirche
nehmen sollen?"

„Versuch es, und du bist tot", knurrte Octocat und
machte sich schnellstens aus dem Staub.

„Mami?", fragte Paisley erneut. „Erzählst du mir
jetzt etwas über die Hölle?"

Ehrlich gesagt wusste ich nicht, wem meiner
Gefährten ich zuerst antworten sollte. Wir hatten es
mit einem möglichen Mord zu tun, und der Schock
darüber hatte uns allen heftig zugesetzt. Von daher
schien mir jetzt kaum der richtige Zeitpunkt dafür,
solch existentiellen Fragen auf den Grund zu gehen.

Also setzte ich mich zu Grandma aufs Sofa und

legte ihr eine Hand auf die Schulter, während ich mit der anderen ebenfalls das kleine Hündchen kraulte. „Lasst uns dieses Gespräch auf einen anderen Tag verschieben, okay?", bat ich, an beide gewandt und hoffte, dass sie sich damit vorerst zufriedengeben würden. Wesentlich mehr Sorgen machte ich mir um die psychische Verfassung meines Katers nach all dem, was er geäußert hatte. Doch auch um dieser Sache weiter nachzugehen, fehlte mir im Moment die nötige Energie.

Nur im Moment? Eigentlich immer.

Egal … ich brauchte jetzt erst einmal eine Mütze voll Schlaf, um wieder zu mir selbst zu finden. Vielleicht wäre ich nach einer erholsamen Nacht wieder in der Lage, die Dinge klarer zu sehen.

9

Als ich am nächsten Morgen erwachte, stellte ich überrascht fest, dass es schon ziemlich spät war. Obwohl unruhig, hatte ich doch sehr lange geschlafen. Und nicht einmal die Tiere hatten mich wie üblich früh geweckt.

Auf Zehenspitzen schlich ich die Treppe hinunter und fand ein leeres Haus vor. Grandma und Paisley waren wohl unterwegs, aber wo steckte mein Kater?

Nach einem kurzen Moment des Zögerns entriegelte ich die Katzenklappe. Jetzt, da Miss Miller nicht mehr da war, um sich über jeden noch so unbedeutenden Verstoß aufzuregen, brauchte ich die beiden nicht länger drinnen einzusperren. Trotzdem fühlte es sich irgendwie komisch an, so schnell zur Normalität zurückzukehren.

„Octavius?", rief ich in die scheinbar verlassene untere Etage unseres Hauses.

Stille. Also begab ich mich in die Küche, um nachzusehen, ob Grandma mir etwas zum Frühstück hingestellt hatte.

Dort entdeckte ich einen blauen Keramikteller mit drei frisch gebackenen Vanille-Scones ... und darunter lugte ein Zettel hervor. Gierig schnappte ich mir eines der süßen Teilchen und biss herzhaft hinein. Dann las ich die Zeilen:

Flashmob im Park.

Habe Paisley mitgenommen.

Ach, natürlich. Grandma hatte vor ein paar Monaten angefangen, Hip-Hop-Tanzunterricht zu nehmen und war überglücklich gewesen, als ihre Klasse eingeladen wurde, bei einem Sneak-Dance-Event aufzutreten. Aber was Paisley dabei sollte? Wahrscheinlich war sie dazu verdammt, mit Grant an der Seitenlinie zu stehen und Großmutter bei ihren Versuchen zu Twerken und zu Grinden anzufeuern.

Prüfend schaute ich an mir herunter. Ausge-beultes T-Shirt, alte Shorts. Meine Großmutter war so viel cooler als ich. Eigentlich hätte mich das stören sollen, tat es aber nicht. Dafür spukte mir gerade viel zu viel im Kopf herum.

Nach wie vor konnte ich meinen Kater nirgends entdecken und beschloss, den Suchradius auszudehnen. Dazu holte ich mir eine Tüte mit Leckerlis aus der Speisekammer und machte das von ihm heiß geliebte raschelnde Geräusch, in der Hoffnung, ihn aus welchem Versteck auch immer herauszulocken.

Unten war er schon mal nicht, ebenso wenig in meinen Zimmer, und selbst in seinem eigenen Raum nicht, wo er sich so gerne zusammengerollt schlafen legte. Schließlich fand ich ihn im Büro, versteckt unter dem Schreibtisch, wo ein dunkler Schatten ihn weitgehend unsichtbar machte.

„Sind die für mich?", murmelte er und kam auf zittrigen Beinen auf mich zu geschlichen.

Ich schüttelte drei auf meine flache Hand und streckte sie ihm entgegen. „Was machst du denn hier drinnen?"

„Konnte nicht schlafen", entgegnete er schniefend und trotz der Tatsache, dass er noch kaute – tat also genau das, wofür er mich erst vor kurzem gerügt hatte. Offensichtlich stand er irgendwie neben sich.

„Alpträume?", bot ich mit einem unterstützenden Stirnrunzeln an.

Er schüttelte den Kopf.

„Reue?", versuchte ich es erneut. Mein Stirnrunzeln vertiefte sich, als ich mich an unser Gespräch von gestern Abend erinnerte.

Octocat hörte auf zu fressen und bedachte mich mit einem seltsamen Blick. „Warum sollte ich jemals Reue empfinden? Ich bin eine Katze, schon vergessen?"

„Wie könnte ich das je vergessen? Allerdings hast du dich letzte Nacht, als du die Nachricht vom Tod der alten Frau gehört hast, ziemlich widerwärtig benommen."

Er lachte bitter auf, fing an zu würgen, hustete ein wenig Essen hoch und fuhr dann fort: „Widerwärtig? Wie kannst du es wagen, mich mit solch einem Attribut zu belegen? Und mir quasi vorzuwerfen, ich sei fehlbar? Außerdem, bist du sicher, dass die Alte auch wirklich tot ist?"

„Natürlich bin ich das. Immerhin habe ich die Leiche mit eigenen Augen gesehen." Wie konnte er das überhaupt in Frage stellen? In den letzten Jahren hatten wir beide schon genug Tote gesehen, um deren seltsame Wächsernheit von dem gesunden Hautton eines lebendigen Menschen unterscheiden zu können.

„Soso. Wie erklärst du dir dann die Lichter, die

letzte Nacht dort drüben ewig geflackert haben, so dass es mir nicht möglich war, Schlaf zu finden?"

Diese Äußerung überraschte mich. „Das wird die Polizei gewesen sein."

Er fauchte, wusste es aber besser, als mich anzugreifen, während ich ihn fütterte. „Hältst du mich für einen Idioten? Ich weiß genau, wie die Blaulichter der Polizei aussehen. Das gestern war etwas völlig anderes. Sie waren wesentlich kleiner … los, mehr Leckerlis!"

„Was?" Manchmal wünschte ich, ich könnte knurren, aber das Einzige, was ich als Antwort auf seinen Mangel an Anstand herausbrachte, war ein frustriertes Stöhnen.

„Und zwar dalli-dalli!" Um seine Forderung zu unterstreichen, peitschte er ungeduldig mit dem Schwanz auf den Boden.

Ich stöhnte erneut auf und schüttelte mir noch mehr von den kleinen Fleischhappen auf die Hand, damit er sich darüber hermachen konnte. „Übrigens, gern geschehen", fügte ich spitz hinzu.

Ein leises Grollen entwich seiner Kehle. „Ich glaube, die Dinger heißen Fackeln", ergänzte er, bevor er sich wieder dem Futter widmete.

Ich blinzelte überrascht und stellte mir direkt einen wütenden Mob vor, der, Fackeln und Mistgabeln schwingend, ein Gebäude stürmte. Das jedoch ergab null Sinn, es sei denn …

„Hey, Octocat, was hast du dir eigentlich in den letzten Wochen im Fernsehen angeschaut?", fragte ich, da ich wusste, wie leicht beeinflussbar und theatralisch er sein konnte. Seine Fernsehgewohnheiten könnten mir Aufschluss darüber geben, welche Art von Slang er sich dieses Mal angeeignet hatte.

Interessiert spitzte er die Ohren. „Angela, was bin ich froh, dass du dich danach erkundigst. Normalerweise interessierst du dich ja nicht für meinen Medienkonsum, obwohl dieser so viel anspruchsvoller ist als deiner."

„Aha." Ich unterdrückte den Drang, mich mit ihm zu streiten, schien er doch Informationen zu haben, die ich dringend brauchte.

Er richtete sich auf und sah mich aus großen, glühenden Augen an. „In letzter Zeit hat mich so ein freches kleines Drama gefesselt, das in London spielt. In dieser Serie geht es um … "

„Natürlich! Das ist die Erklärung! Sie läuft auf BBC."

„Ja, aber was hat das mit … "

„Als du verstärkt auf Twitter unterwegs warst, hast du den dort vorherrschenden Slang übernommen. Jetzt schaust du englisches Fernsehen und sprichst genauso wie die Briten. Jetzt verstehe ich!"

Er kniff die Augen zusammen und musterte mich mit prüfender, beinahe drohender Miene. „Das Englisch der Königin ist das einzig richtige Englisch."

Ich wedelte mit dem Finger vor seinem Gesicht herum. „Darüber lässt sich streiten. Und ignorieren wir einmal die Tatsache, dass du noch nie einen Fuß außerhalb der USA gesetzt hast. Was ich mit der Aussage, dass jetzt alles einen Sinn ergibt, andeuten wollte, ist: Du sagtest Fackeln, meintest jedoch stattdessen Taschenlampen."

„Bitte um Verzeihung?" Jetzt, wo ich ihn darauf aufmerksam gemacht hatte, zog er wirklich die komplette britische Masche ab. Gott steh mir bei.

„Warte hier", wies ich ihn an und streute noch ein paar weitere Leckerlis auf den Boden, um sicherzustellen, dass er sich nicht von der Stelle rührte. Dann eilte ich in den Flur, wo wir im Schrank immer eine Taschenlampe für Notfälle aufbewahrten, schnappte sie mir und schaltete sie ein. Mit dem blinkenden Teil in Händen lief ich zurück zu meinem tierischen Gefährten. „Ist es das, was du gesehen hast?", fragte ich und ließ den Lichtkegel durchs Zimmer wandern.

„Ja, das ist eine Taschenlampe, die ich eben auch als Fackel bezeichne, Angela. Brillant kombiniert."

Bei diesen Worten verdrehte er spöttisch die Augen. Sollte ich auf sein schleimiges Gehabe eingehen, ihm einen Tee anbieten und mich nach seiner Mutter erkundigen? Nein, ich hatte definitiv Wichtigeres zu tun, als mich mit der Vorliebe meines Katers für Theatralik auseinanderzusetzen.

„Weißt du noch, wann ungefähr du die Lichter gesehen hast? Und bist du dir hundertprozentig sicher, dass sie von nebenan kamen?", drängte ich auf weitere Erklärungen.

„Sehr spät, oder eher ziemlich früh. Gegen zwei oder drei Uhr morgens vielleicht. Und sie waren definitiv zuerst vor dem Haus, bevor sie im Wald verschwanden."

„Haben sie sich auch unserem Anwesen genähert?", fragte ich, und erneut brach mir der Angstschweiß aus. Immerhin hatten die Nachbarin und ich den gleichen Namen. Was, wenn derjenige da draußen es eigentlich auf mich abgesehen und nur aus Versehen die Alte erwischt hatte? Was, wenn er es nochmals probieren würde?

Die Frau war tot, und trotzdem kreisten die Geier noch über dem Tatort. Wer waren sie, und was könnten sie wohl noch wollen?

Octocat vertilgte die restlichen Happen und begann sich, wie nach jeder Mahlzeit, ausgiebig zu putzen. Nach mehreren Zungenstrichen über seinen Schwanz hielt er nachdenklich inne. „Ich muss sagen, meine liebe Angela, mir scheint, da ist etwas Seltsames im Gange."

„Definitiv, mein Lieber. Ich selbst hätte es nicht besser auszudrücken vermocht." Bei dieser überspannten Äußerung musste sogar ich grinsen. Auch wenn mein Kater heute wieder einmal ziemlich nervig war, zeigte er zumindest Interesse. Was bedeutete, dass er mir helfen würde, trotz seines Schlafmangels. Und wie man so schön sagt: Vier Augen sehen mehr als zwei, auch wenn eines dieser Augenpaare in einem Fellkopf saß.

10

Nachdem ich eine frische Dose von Octocats bevorzugter Katzenpastete geöffnet und ihm eine Teetasse Evian eingeschenkt hatte, verbrachte ich die nächsten zehn Minuten damit, geduldig darauf zu warten, dass er sein Frühstück beendete. Na ja, ganz untätig saß ich auch nicht herum. Ich verputzte in der Zwischenzeit alle drei Scones und machte mir im Geist eine Notiz, dass ich demnächst unbedingt noch einmal mein Hochzeitskleid anprobieren sollte. Es wäre gut möglich, dass es umgenäht werden musste, denn große Mengen Frustessens wirkten sich stets direkt proportional auf meine Taille aus.

Nach der Mahlzeit widmete sich mein Kater erst einmal ausführlich seiner Morgentoilette. Das bisschen Körperpflege, das er während unseres Gesprächs im Büro betrieben hatte, reichte bei weitem nicht aus, um seiner Vorstellung von Intimpflege gerecht zu werden.

Während er sich also ausgiebig säuberte, verfasste ich eine Nachricht an Charles, um ihn über die Vorkommnisse nach unserem gestrigen Treffen zu informieren. Der arme Kerl arbeitete zurzeit meist rund um die Uhr, um sicherzustellen, dass er sich für unsere Flitterwochen vierzehn Tage freinehmen konnte. Eigentlich sollte ich ihn nicht auch noch mit meinen Problemen belästigen, wusste aber, er würde es mir nie verzeihen, wenn ich ihm etwas dermaßen Wichtiges vorenthielt.

Also schilderte ich die Situation so knapp wie möglich und drückte auf Senden, und nicht einmal eine Minute später poppte seine Antwort auf. Es waren nur wenige Zeilen auf dem Display zu erkennen, denen ich jedoch bereits entnehmen konnte, dass es besser wäre, den kompletten Text zumindest nicht sofort zu lesen.

Was auch immer du zu tun gedenkst, misch dich nicht in ...

Ja. Nein. Natürlich nicht. Besser, ich öffnete sie

gar nicht erst, denn dann sähe er ja, dass ich seinen Ratschlag zwar gelesen, jedoch ignoriert hatte. Charles kannte mich inzwischen gut genug, um genau zu wissen, was ich vorhatte. Deshalb versuchter er auch, mich davon abzubringen.

Was also sollte ich tun? Die Polizei anrufen und über diese neuen Beobachtungen informieren? Würden sie diesen nachgehen? Eher unwahrscheinlich, nachdem Officer Bouchard gestern ja bereits meine Bedenken wegen der Schuhabdrücke so schnell abgetan hatte.

Anscheinend war ich die Einzige, die den Unfalltod von Miss Miller anzweifelte. Aber wie Octocat bereits treffend festgestellt hatte, irgendetwas Seltsames ging dort drüben vor sich, und ich wollte und würde herausfinden, was es war.

„Bist du bereit, Angela?", fragte mein Kater, nachdem er sich ein letztes Mal über seine Pfote geleckt hatte. Wie Charles wusste auch er ganz genau, was in meinem Kopf vor sich ging. Das war auch einer der Gründe, warum wir, was das Arbeitstechnische anbelangte, so perfekt zusammenpassten ... wenn wir uns nicht gerade in den Haaren lagen.

Ich nickte. „Lass uns rübergehen und nachsehen."

„Tut, tut. Cheerio." Also ehrlich, diese ganze

englische Nummer ging mir mittlerweile gehörig auf die Nerven. Ich brauchte einen Ermittler an meiner Seite und keinen fehlgeleiteten Schauspieler. Zum Glück fiel mir wieder ein, wie ich die Sache beenden und es dabei so aussehen lassen konnte, als wäre es seine Idee gewesen.

„Cheerio ... Wie witzig. Das erinnert mich an die Zeit, als Pringle sich selbst zum Ritter schlug und beschloss, im Namen der Königin Waldungeheuer aufzuspüren und zu eliminieren. Was hat er damals doch gleich gesagt? Ach ja, richtig." Ich bemühte mich, den schrecklichen Akzent so gut wie möglich nachzuahmen und dabei exakt die Fratze zu schneiden, die Pringle immer zur Schau stellte: „Pip, pip, cheerio, mein treuer Kamerad."

Mein Kater verzog das Gesicht zu einer angespannten Grimasse.

„Sehr witzig. Könnten wir bitte nicht weiter über diesen verdammten Waschbären reden", forderte er mich auf, wobei er erfreulicherweise wieder zu seinem normalen Ostküsten-Slang zurückkehrte. „Eher möchte ich an einem Haarballen ersticken, als mich noch länger mit diesem Individuum und seinen Taten zu befassen."

Na also, ging doch. Ich grinste heimlich in mich

hinein, während wir Seite an Seite das Haus verließen und den Wald durchquerten.

„Warum genau wollen wir gleich noch mal auf dem Nachbargrundstück ermitteln?", fragte Octocat, während das Laub bei jedem unserer Schritte unter unseren Füßen raschelte. Das rottete seit letztem Herbst vor sich hin, aber wir konnten ja auch schlecht den kompletten Wald harken.

„Weil die Alte, die dort einzog, tot ist und es Mord gewesen sein könnte", erinnerte ich ihn, ziemlich überrascht, dass er unsere Mission so schnell vergessen oder verdrängt hatte.

„Ja, schon, aber wir haben sie doch alle gehasst. Solltest du dich nicht lieber um deine Hochzeitsvorbereitungen kümmern?" Er blieb stehen, um an einem alten Baumstumpf zu schnuppern, und ich wartete geduldig.

„Hass ist ein so heftiges Wort", erwiderte ich.

Er verzog das Gesicht. „Aber doch genau das passende, oder?"

Natürlich hatte er recht damit, und ich wusste nicht, was ich konkret darauf antworten sollte. Also suchte ich nach einer Ausrede. „Selbstverständlich haben die Feierlichkeiten für mich oberste Priorität, aber ich kann doch nicht einfach einen Mord ignorieren." Außerdem hatte ich den problematischsten Teil bereits bewältigt ... Die Gästeliste stand und die Einladungen waren verschickt.

„Warum nicht? Die Polizei macht das ständig", erwiderte er schroff, und wieder einmal fragte ich mich, wie viel Zeit mein Kater wohl mit Surfen auf Twitter zubringen mochte.

Genauso wenig, wie ich motiviert war, mit meinen Tieren über Religion zu diskutieren, wollte ich mich auf politische Debatten einlassen. „Sag doch nicht so was! Die Beamten tun ihr Bestes, aber eben nicht jeder Fall ist lösbar." Streitgespräche mit Octocat liefen nie gut ab, egal, um welches Thema es sich auch handelte. Für ihn waren Fakten nur dann stichhaltig, wenn sie den Standpunkt bestätigten, den er ohnehin vertrat.

Irgendwann wandte er sich von dem seltsam riechenden Baum ab, setzte seinen Weg durch den Wald fort und übernahm die Führung. „Worauf also stützt sich deine Vermutung, dass dieser hier lösbar sein könnte?"

So kamen wir nicht weiter! Es war ein Trugschluss, anzunehmen, mein Kater besäße so etwas wie ein menschliches Gewissen. Er war nichts weiter als ein kaltblütiges, von Logik diktiertes Wesen, das sich selbst immer ungeachtet der Umstände an erste Stelle setzte. Allerdings hatte ich im Laufe unserer gemeinsamen Jahre gelernt, dass er zwei tragische Schwächen hatte: Stolz und Neugierde. Und aufgrund Letzterer befand er sich momentan an meiner Seite, aber sobald er das Interesse verlor, wäre ich wieder auf mich allein gestellt. Es sei denn … Ich musste lediglich einen Weg finden, an seinen Stolz zu appellieren, so dass er die Sache mit mir bis zum Ende durchzog.

„Keine Ahnung, ob dem so ist", erwiderte ich und gab mich bewusst bestürzt. „Aber unsere Chancen, den Fall aufzuklären, stehen wesentlich besser, wenn wir zusammenarbeiten. Du weißt doch genau, dass mir das ohne dich nicht gelingen kann, Octavius."

Er nickte zustimmend, völlig ahnungslos, dass ich bereits Katz und Maus mit ihm spielte. „Wie wahr, Angela, Du brauchst mich. Das war schon immer so."

„Zweifellos", stimmte ich ihm vehement zu. „Und außerdem ist dieses Verbrechen direkt nebenan passiert. Was, wenn der Mörder zurückkommt und als Nächstes versucht, in unser oder besser gesagt dein Haus einzubrechen?"

Er bäumte sich auf und schlug mit den Vorderpfoten in die Luft wie ein kleiner, ungeschickter Ninja-Kämpfer. „Dann wird er diese Krallen zu spüren bekommen! Niemand betritt ohne meine Erlaubnis unser Heim."

Jetzt war ich diejenige, die wie ein Wackeldackel mit dem Kopf nickte, als ich mein letztes schlagkräftiges Argument vortrug. „Ich kann ja nicht mit Sicherheit sagen, dass es Mord war. Deshalb ist es mir so wichtig, dass du dir den Tatort ansiehst und mir deine Meinung dazu sagst. Vorrangig gilt es, auch unser Zuhause zu schützen, und dafür brauche ich deine Hilfe, Octavius."

„Zweifellos brauchst du die, liebe Angela. Warum hast du das nicht gleich gesagt?"

Ich zuckte gleichgültig mit den Schultern, während ich innerlich jubilierte. Wieder einmal hatte ich es geschafft, meinen eigenen Stolz beiseitezuschieben und mir die grenzenlose Selbstüberschätzung meines Katers zunutze zu machen. Zudem war er derjenige, der letzte Nacht die Taschenlampen entdeckt hatte und außerdem problemlos das Gelände erkunden konnte, ohne entdeckt zu werden oder irgendwelche Spuren zu hinterlassen. Und so gerne ich der Sache auch selbst auf den Grund gegangen wäre, musste ich doch zugeben, dass Octocat dafür besser geeignet war. Und ... wenn er sich erst einmal in einen Fall verbissen hatte, ließ er nicht eher locker, bis er die Antworten gefunden hatte, die er suchte.

Vielleicht war die neue Nachbarin ja tatsächlich

nicht ermordet worden. Aber dieses Risiko wollte ich nicht eingehen, nicht, wenn sich all dies so unmittelbar neben unserem Zuhause abspielte. Die Polizei hatte Angela Millers Tod meiner Meinung nach zu schnell als Unfall abgetan ... Ich hingegen wollte weitere Beweise dafür suchen.

11

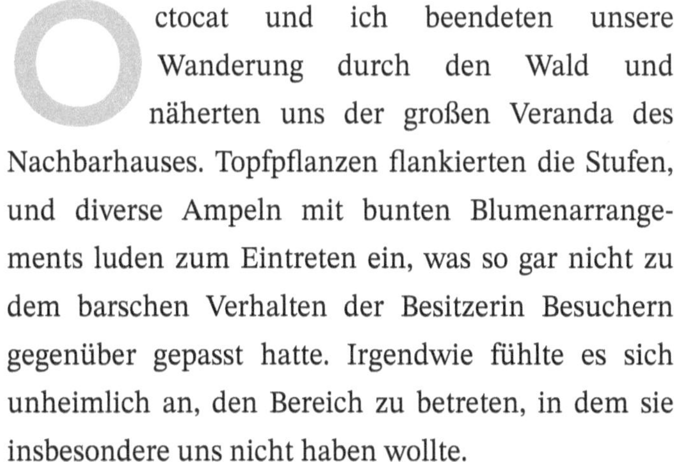

O ctocat und ich beendeten unsere Wanderung durch den Wald und näherten uns der großen Veranda des Nachbarhauses. Topfpflanzen flankierten die Stufen, und diverse Ampeln mit bunten Blumenarrangements luden zum Eintreten ein, was so gar nicht zu dem barschen Verhalten der Besitzerin Besuchern gegenüber gepasst hatte. Irgendwie fühlte es sich unheimlich an, den Bereich zu betreten, in dem sie insbesondere uns nicht haben wollte.

„Okay, wo sollen wir anfangen?", fragte ich meinen tierischen Begleiter und blickte mich erst einmal um, um mir einen Überblick über die Terrasse und den Garten zu verschaffen. Die Polizei war verschwunden, wir sollten also ungestört sein.

„Geh doch mal zur Tür und sieh nach, ob sie offen ist", schlug Octocat in einem hochnäsigen Tonfall vor, der darauf hindeutete, dass ich auch allein auf diese Idee hätte kommen können.

Ich schüttelte den Kopf. „Damit würde ich Fingerabdrücke hinterlassen."

„Seit wann kümmert dich das?", antwortete er höhnisch. „Du hinterlässt doch eh ständig irgendwelche DNA-Spuren."

„Schon, aber normalerweise habe ich kein Motiv, das mich mit dem Mord in Verbindung bringen könnte." Diesen Umstand hatte ich bis jetzt noch nicht wirklich in Betracht gezogen, aber plötzlich wurde er zu einer sehr realen Sorge. Meine Streitereien mit der Nachbarin waren amtlich dokumentiert. Wieso in aller Welt versuchte ich also, ein Verbrechen nachzuweisen, wenn sogar die Polizei von einem Unfall ausging?

„Die Beamten sind der Ansicht, es war keiner", erinnerte mich Octocat, als hätte er meine Gedanken gelesen. Wie gut er mich doch kannte! Das Problem war aber, dass ich einfach zu neugierig war, um die Sache auf sich beruhen zu lassen. Dennoch würde ich äußerst vorsichtig vorgehen.

„Das sagen sie jetzt, aber was, wenn sie ihre Meinung doch noch ändern?" Ich zuckte mit den

Schultern. „Ich möchte mich nicht selbst belasten, wenn ich es irgendwie verhindern kann."

Mein Kater sprang auf das Geländer der Veranda und fing an, dort auf und abzuwandern. „Na schön. Was möchtest du dann tun?"

Ich überlegte kurz. „Lass uns nach hinten gehen. Ich zeige dir den Schuppen, in dem die Leiche lag."

Mehr brauchte ich gar nicht zu sagen. Mit einem Satz hüpfte er von der Balustrade herunter und rannte in einem Affentempo in Richtung des rückwärtigen Gartens, so dass ich beinahe joggen musste, um ihn einzuholen.

„Es riecht schrecklich", sagte er, als wir unser Ziel erreichten.

„Offensichtlich hat die Alte auch jede Menge Blut verloren." Ich hob schnuppernd die Nase, konnte aber außer dem beißenden Gestank der chemischen Reinigungsmittel nichts Ungewöhnliches feststellen.

„Nein, das meine ich nicht. Blut macht mir nichts aus, da ich ja, wie du weißt, ein Fleischfresser bin. Für mich ist es in etwa so wie für euch Menschen eine leckere Sauce."

Bei dieser Äußerung erschauderte ich, und wieder einmal überlegte ich, ob ich nicht besser Vegetarierin werden sollte. Dieser Gedanke war mir, seit ich meine seltsame Gabe erhielt, schon des Öfteren gekommen. „Okay, was ist es dann?"

Er schnüffelte und schüttelte sein Fell. „Keine Ahnung. Ich weiß nur, dass ich den Geruch nicht mag."

Das brachte uns nicht wirklich weiter.

„Es ist nicht gerade hilfreich, wenn du … "

„Sei still, Angela." Er hob den Kopf, spitzte die Ohren und erstarrte.

„Was ist?" Panisch blickte ich mich um, konnte aber nichts Außergewöhnliches entdecken.

Mein Kater jedoch stand nach wie vor wie festgefroren da. „Psst, da draußen ist etwas oder jemand", flüsterte er eindringlich.

Ich drehte mich in die Richtung, in die er den Kopf gewandt hatte, nämlich hin zum Wald, konnte aber weder etwas sehen noch hören. „Was ist es denn? Etwas Gefährliches?"

„Kannst du nicht leise sein?", brüllte er mich an und vergaß komplett seinen eigenen Befehl, sich ruhig zu verhalten.

In dem Moment schallte eine seltsame, verzerrte, mir unbekannte Stimme zu uns herüber, und irgendetwas am Waldrand blitzte gelb auf. „I … ich … ich … bin doch schon so leise wie irgend möglich!", versicherte sie uns, bevor der dazugehörige Sprecher ebenfalls in Sichtweite kam.

„Du bist es!", rief ich aus und war plötzlich ganz aufgeregt. „Du warst doch gestern schon hier und hast bestimmt gesehen, was Miss Miller passiert ist." Das war natürlich nur eine Annahme, aber irgendetwas schien den Hirschen erschreckt zu haben, und ich wollte herausfinden, was das war. Beide Hände beschwichtigend nach vorne gestreckt, um zu demonstrieren, dass ich ihm nichts Böses wollte, trat ich vorsichtig auf ihn zu.

„Nein!", brüllte er und schüttelte wild den Kopf, wobei ihm das gelbe Klebeband um die Ohren flog. „Lass mich in Ruhe!"

Mit diesen Worten machte er auf dem Absatz kehrt und rannte zurück in den Wald, das sich erneut verheddernde Tatortband hinter sich her ziehend.

„Gut gemacht, Sherlock", stichelte Octocat, und ich fühlte mich noch schlechter, weil ich unseren womöglich einzigen Zeugen verscheucht hatte. Aber immerhin hatte er mich Sherlock genannt, denn normalerweise war ich in seinen Augen nur Watson, der liebenswerte Handlanger, jedoch nie der Held.

„Glaubst du, er hat den Vorfall beobachtet?", fragte ich und kaute nachdenklich auf meiner Unterlippe herum.

„Keine Ahnung, aber ich bin zumindest überzeugt, dass er es war, den ich gerochen und als eklig eingestuft habe. Pfui Teufel!" Dabei scharrte er mit den hinteren Pfoten über den Boden und warf die Hinterbeine in die Luft, wie er es nach der Benutzung der Katzentoilette zu tun pflegte.

„Wir müssen ihn unbedingt dazu bringen, mit uns zu reden", sinnierte ich.

Octocat schüttelte den Kopf und tat meinen Vorschlag direkt ab. „Er sieht sich selbst als Beute, Angela. Wenn du ihm hinterherrennst, läuft er nur noch weiter vor dir weg."

„Okay, was schlägst du dann vor?" Ernsthaft, warum machte ich mir überhaupt die Mühe, eigene Ideen vorzubringen, wenn er mich sowie immer runtermachte?

Er seufzte. „Also ehrlich, dieser Schuppen enthält nichts Brauchbares für uns. Ich vermute, die Bullen haben alles, was einen Hinweis darstellen könnte, bereits mitgenommen. Und da du nicht gewillt bist zu probieren, ob sich die Haustür öffnen lässt, damit wir uns innen mal umsehen könnten, weiß ich auch nicht, was wir hier noch wollen."

„Warte kurz, ich hätte da eine Idee. Komm mit." Ich warf einen Blick zurück über die Schulter, um mich zu vergewissern, dass er mir folgte, während ich um die Hausecke bog. Glücklicherweise entschied er sich, mitzukommen, und so führte ich ihn an genau die Seite, wo ich vor dem Kellerfenster die Stiefelabdrücke entdeckt hatte. Wie beinahe erwartet, waren sie inzwischen nicht mehr auszumachen, aber ich wollte dennoch etwas probieren.

„Spring da runter“, befahl ich Octocat und deutete auf ein Kiesbett in dem Schacht, „und schau nach, ob das Fenster verriegelt ist.“

„Na klar, für derartige Jobs muss mal wieder ich herhalten. Aber auch verständlich, immerhin bin ich gewandter, leichter und schlauer als du.“ Zwar beschwerte er sich wie üblich, tat das jedoch mit einem Grinsen im Gesicht und hüpfte pflichtbewusst nach unten, um nachzusehen.

„Es gibt keinen Fliegenschutz“, rief er zu mir herauf und begann, am Rahmen zu fummeln. „Und anstatt nach innen öffnet es sich nach außen. Da musst du wohl oder übel selbst ran.“

„Unmöglich! Ich darf keine Fingerabdrücke hinterlassen“, erinnerte ich ihn.

„Tja, dann kommen wir auch auf diese Weise ebenfalls nicht ins Haus. So einfach ist das.“

„Ich werde mir etwas einfallen lassen“, versicherte ich ihm. „Klettere erst einmal wieder nach oben.“

Mit einem eleganten Satz hüpfte er aus dem Schacht zu mir herauf und bedachte mich mit einem abschätzenden Blick.

„Das war wohl ebenfalls eine Sackgasse", gab ich zu.

Er verdrehte genervt die Augen. „Nein. Es handelt sich lediglich um eine Straßensperre, und aus welchem Grund auch immer weigerst du dich, sie zu umgehen."

War ich in Bezug auf mögliche Spuren zu über-vorsichtig? Eigentlich hatte ich ja nichts verbrochen, und Officer Bouchard kannte mich gut genug, um zu wissen, dass ich den Sachen nur zu gerne auf den Grund ging. Zudem stand ich im Begriff, den besten Anwalt der Stadt zu heiraten. Ich würde wahrschein-lich nicht großartig Ärger bekommen – wenn über-haupt –, trotz alledem war ich skeptisch.

Und wenn ich als Privatdetektivin eines gelernt hatte, war es, auf mein Bauchgefühl zu hören. Und mich zudem auf meinen Partner zu verlassen.

„Fällt dir noch etwas ein, das wir übersehen haben könnten?", fragte ich meinen Kater.

Er nickte, als wäre er tief in Gedanken versunken. „Wir kannten sie ja nur ein paar Wochen, also denk einmal an deine allererste Begegnung mit ihr zurück."

„Es gab nur eine Einzige, und zwar an dem Tag ihres Einzugs. Jegliche weitere Kommunikation lief über den Tierschutz oder die Polizei ab. Oder eben schriftlich in Form von Briefen."

„Ich habe ihr nie von Angesicht zu Angesicht gegenübergestanden, es jedoch genossen, auf ihre Veranda zu pinkeln", sagte er mit einem selbstzufriedenen Grinsen.

„Moment mal ... " Wir kamen der Sache näher, das spürte ich in meinen Knochen. „Wenn sie dich nie dabei erwischt hat, woher wusste sie es dann?"

Er neigte den Kopf zur Seite und musterte mich misstrauisch. „Wusste was?"

„Dass du dort gepinkelt hast." In diesem Moment fiel mir auch ein, dass die Tierschützer mir mehr als einmal Beweisfotos vorgelegt hatten. Eilig rannte ich hoch zur Veranda und ließ meinen Blick über die Dachsparren wandern.

„Was bitte hast du vor?", verlangte er zu wissen.

Ich wandte mich kurz um und erklärte es ihm in knappen Worten. „Ich suche nach einer versteckten Kamera."

„Die befindet sich da oben", sagte er und deutete mit der Nase in eine der Ecken.

„Was? Wo? Und woher weißt du das? Ich für meinen Teil hatte keine Ahnung davon."

Er rümpfte die Nase. „Das Teil glänzt so merkwürdig und sticht heraus wie ein wunder Daumen. Sag bloß, du siehst es nicht?"

Ich schüttelte den Kopf und zeigte wahllos nach oben. „Heiß oder kalt?"

Erneut entnervt ließ er sich auf den Hintern plumpsen und zuckte wild mit dem Schwanz. „Ich weiß nicht, welches Spiel du hier spielst, Angela, aber es gefällt mir nicht!"

Frustriert stampfte ich mit dem Fuß auf. „Ich will doch nur wissen, ob ich nah dran oder weit entfernt bin."

Endlich kapierte er es und wies mir den Weg zu dem Aufzeichnungsgerät. Beherzt griff ich danach und vergaß für einen Moment völlig meine Angst wegen der Fingerabdrücke. *Mist!*

„Die nehmen wir auf jeden Fall an uns, obwohl ich vermute, dass sie auf dem Grundstück noch weitere aufgestellt hat. Einige der Fotos, die man mir vorlegte, wurden nämlich aus anderen Blickwinkeln aufgenommen." In diesem Moment wünschte ich mir, die Tierschützer hätten mir die Bilder dagelassen, damit ich anhand dieser die übrigen Kamerapositionen hätte aufspüren können.

Octocat grinste verschlagen. „Gib es schon zu ... Du brauchst mich, um sie zu finden, oder?"

„Definitiv, aber lass uns erst einmal diese nach Hause bringen und das Filmmaterial sichten."

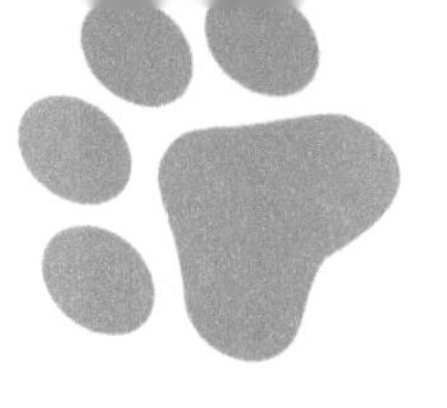

12

Zu Hause angekommen, machte ich mich im Internet direkt über die Marke und das Modell der Überwachungskamera schlau, die wir auf Miss Millers Veranda entdeckt hatten. Als ich so halbwegs verstand, wie das Ding funktionieren sollte, begann ich, es auf der Suche nach Beweisen auseinanderzunehmen. Und obwohl ich die Anweisungen genauestens befolgte, konnte ich die Speicherkarte nirgends finden.

„Habe ich sie übersehen?", wandte ich mich ratlos an Octocat, aber der war ebenfalls überfragt.

Ein schabendes Geräusch am Fenster ließ mich aufblicken. Pringle stand draußen, winkte mir mit einer Hand zu und deutete mit der anderen auf die Tür. Auch wenn ich ihm seine Aktion mit der Geiselnahme letzte Woche noch lange nicht verziehen hatte, wollte ich doch hören, ob er irgendwelche Theorien zu den Vorkommnissen auf dem Nachbargrundstück anbieten konnte. Sein Verstand lief ja stets auf Hochtouren. Normalerweise war das zu meinem Nachteil, aber manchmal konnte sich seine Fähigkeit, alles übergründlich und sekundenschnell zu analysieren, auch als nützlich erweisen.

Also stellte ich die Kamera auf dem Tisch ab, ging zur Haustür und trat hinaus auf die Veranda, wobei ich mich bemühte, den Durchgang zu versperren, damit er sich nicht an mir vorbei ins Innere quetschen konnte.

Octocat folgte mir durch die Katzenklappe. Er war zwar kein Fan des Waschbären, aber definitiv ein Fan von Dramen.

„Hast du dir ein neues technisches Spielzeug zugelegt?", fragte Pringle interessiert und rieb sich dabei die Pfoten, als würde er sich die Hände unter fließendem Wasser waschen „Darf ich es mir mal anschauen?"

Natürlich. Er war nicht nur besessen von Klatsch und Tratsch, sondern auch von jeglicher Form von Technik. Was ihn zu einem perfekten Spion machte, vorausgesetzt, ich schaffte es, ihn für den Fall zu begeistern. Und vielleicht vermochte er sich auch besser in Angela Miller hineinversetzen, denn er konnte manchmal ähnlich bösartig sein wie sie. Ich hingegen verstand nach wie vor nicht, was in deren Kopf vorgegangen sein musste.

Ja, ich brauchte seine Hilfe. Unbedingt.

„Ich hätte einen Job für dich", begann ich und betete, dass ich diese Entscheidung später nicht wieder bereuen würde.

„Das wird dich aber einiges kosten." Inzwischen bewegten sich seine Hände in solch einem Tempo, dass er mich an einen Süchtigen erinnerte, der sehnlichst auf den nächsten Schuss wartete.

Früher war ich immer auf seine verrückten, überzogenen Forderungen eingegangen, aber mittlerweile, da ich ihn besser kannte, wusste ich, dass ich ihn mit Leichtigkeit noch runterhandeln konnte. „Ich lasse dich mit meinem coolen neuen Gerät spielen, wenn du mir vorher einen kleinen Gefallen tust."

„Einen Gefallen, ja klar", rief er begeistert, und seine Augen weiteten sich. Wahrscheinlich sah er es im Geiste bereits vor sich, wie er sich darauf stürzte.

Genau genommen gab es sogar drei Sachen, bei denen ich seine Hilfe benötigte, aber wenn ich ihm jetzt die komplette Liste vorlegte, würde er mindestens zwei davon direkt wieder vergessen. Und wenn ich nicht die richtige Reihenfolge einhielt, war zu befürchten, dass er sich mit den Beweisen aus dem Staub machte, anstatt sie mir zu übergeben. Es war wie bei einem Rätsel mit einer seltsamen Logik, bei dem es nur eine richtige Antwort gab.

Kurz überlegte ich, ob mein Plan aufgehen könnte und welche Details ich dem hyperaktiven Waschbären mitteilen sollte, ohne zu viel zu verraten oder ihn zu langweilen.

„Draußen im Wald lebt ein großer Hirsch", begann ich und sprach jedes meiner Worte langsam und deutlich aus. „Er hat sich gestern Abend in den Garten der Nachbarin verirrt und ist mit seinem Geweih in dem Klebeband rund um den Tatort hängen geblieben, was ihn offensichtlich ziemlich erschreckt hat. Wir müssen dringend mit ihm sprechen, aber beide Male, als wir auf ihn trafen, ist er verängstigt davongelaufen. Kannst du ihn zum Reden bringen?"

„Du brauchst ein Geständnis? Nichts leichter als das." Er nickte energisch. „Ich könnte ihn foltern oder ... "

„Nein!", brüllte ich so laut, dass sogar das Haus hinter mir zu erbeben schien. „Er ist ein potenzieller Zeuge, kein Verdächtiger. Also KEIN Verhör, verstanden? Ich muss nur wissen, was er beobachtet hat. Das könnte der Schlüssel zur Klärung dieses Falls sein."

Plötzlich wurde Pringle stocksteif und hob den Blick. „Und was springt dabei für mich raus?"

„Du kannst ein wenig mit der neuen Technologie herumspielen und sie sogar behalten, sobald sie als Beweismittel ausgedient hat."

Er trat einen Schritt zurück und schien mein Angebot abzuwägen. „Und worum genau handelt es sich? Was kann diese neue Technologie alles?"

„Das ist ein Geheimnis, die große Überraschung." Ich riss die Augen auf und lächelte ihn breit an. „Also, bist du dabei?"

Er hob eine Hand und fuhr sich übers Kinn, dann jedoch machte er einen Luftsprung und rief: „Ich mach es", bevor er sich umwandte und davonstob. Blieb nur zu hoffen, dass er den armen Hirschen, der eh schon Panik schob, nicht zu hart anpackte.

Octocat rieb sich an meinem Bein, um meine Aufmerksamkeit auf sich zu ziehen. „Warum hast du ihm nicht aufgetragen, ins Haus zu gehen und nach dem fehlenden Speicherteil zu suchen?"

Ich zuckte mit den Achseln. „Lieber hinterlasse *ich* überall meine Fingerabdrücke, als diesem kleinen Banditen die Chance zu geben, sich in einer großen Villa voller Schätze auszutoben und sich zu bereichern."

„Gutes Argument. Also übernehmen doch wir

beide das?“ Ein Grinsen breitete sich zwischen seinen Schnurrhaaren aus, und es war offensichtlich, dass ihm so ein kleiner Einbruch diebischen Spaß bereiten würde.

„Ich habe dir doch bereits erklärt … “

Er fauchte, als er merkte, dass ich nach wie vor auf stur schaltete. „Ich bitte dich, Angela, dann zieh dir doch einfach ein Paar Handschuhe an. Das kann doch nicht so schwer sein. Und es wäre wichtig, dass wir auch noch die anderen Kameras finden, oder etwa nicht?“

„Ich bin in Gedanken immer noch bei diesem Hirschen. Er kommt immer wieder auf das Grundstück, obwohl ihn doch etwas erschreckt zu haben scheint. Warum, glaubst du, ist dem so?“

Er stieß einen langen, tiefen Seufzer aus. „Das habe ich dir doch bereits erklärt: Der Kerl ist ebenfalls ein Opfer, und nicht gerade die hellste Kerze auf der Torte. Eigentlich verwunderlich, dass er sich nicht auch in dem Schuppen befand.“

„Im Schuppen. Das ist es!“ Endlich hatte er mir einen Hinweis geliefert, dem ich nachgehen konnte, ohne selbst verdächtig zu erscheinen.

Er legte den Kopf schief und musterte mich mit großen, goldenen Augen. Ganz offensichtlich konnte er mir nicht folgen. „Was ist was?“

„Miss Miller ist in diesem Geräteschuppen umgekommen, erschlagen von einem riesengroßen Sack mit Tierfutter", erinnerte ich ihn.

„Und?"

„Sie war erst seit ein paar Wochen in der Stadt und hat es trotzdem geschafft, sich mit dem Hirschen anzufreunden. Und wie oft hat sie sich darüber beschwert, dass Paisley durch ihr Gebell die Rehe von ihrem Grundstück vertrieb." Je mehr ich zu erklären versuchte, desto verwirrter wurde Octocats Miene.

„Und? Was hat das mit dem Mord zu tun?", fragte er und zuckte wild mit dem Schwanz. „Glaubst du, er hat sie umgebracht, weil sie ihn ausnahmsweise mal nicht rechtzeitig fütterte?"

Okay, jetzt war ich ebenfalls irritiert. „Nein, natürlich nicht", jammerte ich, denn auch mir gingen so allmählich die Begründungen aus. „Ich habe ja bereits gesagt, dass ich das Tier nicht verdächtige. Aber ihre offenkundige Besessenheit von den hiesigen Waldtieren ist die beste Spur, die wir momentan haben."

Erneut verdrehte mein Kater die Augen. Das war schon beinahe ein neuer Rekord, wie oft er mich an einem einzigen Tag abblitzen ließ. „Meiner Meinung nach wäre die beste Spur diese Fundgrube an Beweisen, die buchstäblich direkt vor unserer Nase auf uns wartet."

Ich überlegte kurz. Sein Argument war logisch, aber irgendetwas in mir drängte mich, auf mein Bauchgefühl zu hören.

„Teilen wir uns einfach auf", schlug ich vor. „Ich konzentriere mich auf den Hirschen, und du durchsuchst das Haus nach weiteren Kameras und der fehlenden Speicherkarte."

„Eine brillante Idee! Bleibt nur noch die ewige Frage, wie ich dort hineinkomme?" Bei diesen Worten gähnte er herzhaft. Wenn ich nicht schnell handelte, würde ich einen weiteren Nachmittag verlieren, weil er in absehbarer Zeit auf sein Nickerchen bestünde.

„Ich hole meine Handschuhe ... "

13

Gerade als ich im Begriff stand, in meine klapprige alte Limousine zu klettern, um der Tierhandlung einen Besuch abzustatten, kam Grandma von ihrer Flashmob-Veranstaltung zurück. „Wo willst du denn jetzt wieder hin?", fragte sie, verließ die Garage und eilte, eine fröhliche Paisley im Schlepptau, auf mich zu.

„Ich ermittle in einem Fall", erklärte ich wichtig und konnte das Grinsen nicht unterdrücken, das sich auf meinem Gesicht breitmachte. Ich fühlte mich wirklich immer dann am wohlsten, wenn es ein Rätsel zu lösen galt.

Grandma betrachtete mich prüfend aus zusammengekniffenen Augen. „Du schnüffelst der Nachbarin hinterher, meinst du wohl."

Erschrocken zuckte ich zusammen. Wie war das? Sie hatte meine Ermittlungsmethoden doch immer gebilligt. Wieso dieser plötzliche Sinneswandel?

Meine Befürchtungen wurden jedoch schnell zerstreut, als sie mich mit einem breiten Lächeln von oben bis unten musterte und sagte: „Sehr gut. Ich wünsche dir viel Erfolg. Warum nimmst du nicht Paisley mit? Ein zweites Paar Augen und Ohren könnten durchaus hilfreich sein."

Als die Kleine ihren Namen hörte, fing sie vor Freude an zu bellen und rannte im Kreis um uns herum.

„Und was hast du in der Zwischenzeit vor, so ganz allein?", fragte ich und kicherte über die Eskapaden des kleinen Hündchens.

„Ich arbeite an einer Überraschung für Grant und traue dir eh nicht. Du könntest dich verplappern." Obwohl sie mir mit dem Finger vor der Nase herumwedelte, lachte sie gutmütig auf. „Es ist eh verwunderlich, dass ich es so lange geheim halten konnte. Wir reden nach deiner Rückkehr weiter, okay?"

Ich nickte, klemmte mich hinters Steuer und rief den winzigen Chihuahua zu mir. „Komm schon, Paisley, Fahren wir zu den Tiergeschäften." Wie üblich musste ich sie ins Auto heben, denn obwohl dieses tiefer gelegt war, traute sie sich nicht selbst hineinzuspringen … Eine Tatsche, die ihr Octocat bei jeder sich bietenden Gelegenheit unter die Nase rieb.

„In welche Läden gehen wir denn, Mami?", erkundigte sie sich und machte es sich auf meinem Schoß bequem, während wir die lange Auffahrt hinunterrollten.

„Ich weiß es ehrlich gesagt noch nicht. Vielleicht fangen wir einfach mit den Zoohandlungen an, und dann schauen wir weiter. Ich hoffe, ein paar Informationen über die örtlichen Wildtiere sammeln zu können, nur für den Fall, dass unsere Nachbarin aufgrund ihrer Verbundenheit zu ihnen getötet wurde", erklärte ich und bog in die Hauptstraße ein.

Paisley stemmte sich kurz gegen die Kurve, richtete sich dann jedoch wieder auf und wedelte aufgeregt mit dem Schwanz. „O ja. Die Hirsche hier in der Gegend sind sehr nett. Und sie würden nie jemandem etwas zuleide tun."

Ich verlangsamte das Tempo und schaute auf sie hinunter. „Kennst du die etwa näher, Schätzchen?"

„Natürlich. Manchmal unterhalten sie sich mit mir, obwohl ich doch eigentlich ein Raubtier bin. Aber wahrscheinlich halten sie mich aufgrund meiner Größe für nicht sonderlich gefährlich." Normalerweise würde die Kleine alles tun, um zu beweisen, dass sie ein stattlicher Hund war, aber jetzt schien sie fast ein wenig stolz darauf zu sein, aufgrund ihrer winzigen Gestalt neue Gefährten gefunden zu haben.

Seltsam, dass Angela Miller sich mehr als einmal darüber beschwert hatte, dass Paisley die Hirsche verscheuchte, obwohl diese doch sogar mit den heimischen Tieren befreundet war. Und Asche über mein Haupt, dass ich nicht schon früher auf die Idee gekommen war, sie zu befragen.

„Kennst du ein besonders großes Exemplar, das hier irgendwo in der Gegend lebt?" Ich fuhr noch eine Spur langsamer, so dass wir uns nur noch im Schritttempo fortbewegten, weil ich mich auf unser Gespräch konzentrieren wollte.

„Klar kenne ich den", nickte sie und bellte kurz auf. „Das ist Irving. Früher haben wir oft miteinander geredet, aber in letzter Zeit ist er so verängstigt, dass er nicht einmal mehr Hallo zu mir sagt."

Ja, es handelte sich definitiv um denselben Hirsch.

Ich fuhr rechts ran und hielt den Wagen an. Sollte Paisley sämtliche Informationen haben, die ich brauchte, konnte ich mir die Fahrt zu den Tierge-schäften eigentlich sparen. „Wieso verängstigt? Aus welchem Grund?"

Sie hüpfte hoch, drückte ihre Vorderpfoten an die

Autotür und spähte neugierig nach draußen. „Keine Ahnung. Wie gesagt, er spricht ja nicht mehr mit mir.“

„Stimmt.“ Na ja, einen Versuch war es wert. Ich kurbelte das Fenster für meine kleine Hundefreundin herunter und fuhr wieder an.

Als Erstes begaben wir uns zu einer neu eröffneten Tierhandlung am anderen Ende der Stadt. Die zweite, die es schon länger gab, mieden wir geflissentlich, weil sich dort vor einigen Jahren ein grausamer Mord zugetragen hatte, an dessen Aufklärung wir beteiligt waren. Blueberry Bay war einfach voller Erinnerungen an vergangene Fälle. Aber jetzt galt es, ein neues Rätsel zu lösen, und das erforderte unsere ungeteilte Aufmerksamkeit.

Plötzlich begann mein Handy, dass ich in den Becherhalter gesteckt hatte, zu summen und zu vibrieren. Irgendwie widerstand ich dem Drang, die neuen Nachrichten sofort zu lesen, bis ich auf den Parkplatz vor dem Tiergeschäft einbog und den Wagen abstellte.

„Sind wir da, Mami?“, erkundigte sich Paisley schwanzwedelnd, stützte sich erneut mit den Pfoten am Seitenfenster ab und schaute interessiert hinaus. Sie genoss Autofahrten, aber noch mehr liebte sie es, neue Orte zu besuchen – eigentlich jeden Ort, an den wir sie mitnahmen.

Die verpassten Nachrichten waren allesamt von Charles, aber anstatt sie zu öffnen, rief ich ihn kurz an. Wenn er Zeit zum Tippen fand, dann bestimmt auch für ein kurzes Telefonat.

„Na endlich meldest du dich", begrüßte er mich leicht ungehalten, aber ich konnte an seinem Ton hören, dass er grinste.

„Ja, bitte entschuldige", antwortete ich mit einem liebeskranken Lächeln im Gesicht, lehnte den Kopf zurück und seufzte tief auf.

„Also", forderte Charles mich auf, „erzähl mir mehr darüber."

„Worüber?" Ich kicherte leise vor mich hin, als ob das meine Unschuld beweisen würde.

„Ich weiß ganz genau, dass du dich in die Ermittlungen eingemischt und meine Nachrichten absichtlich nicht gelesen hast." Er klang bestimmt, aber glücklicherweise nicht wütend. Eher sogar amüsiert. Und obwohl ich mich so gut wie möglich zu verstellen versucht hatte, wurde ich wieder einmal enttarnt.

Ups. „Ja, tut mir leid."

„Du musst dich nicht entschuldigen. Deine intellektuelle Neugierde und dein unerschütterlicher

Einsatz für die Gerechtigkeit sind doch gerade die Wesenszüge, für die ich dich liebe. Aber sei bitte vorsichtig, okay? Und lass mich wissen, wenn ich dir irgendwie helfen kann."

„Ich liebe dich auch", sagte ich, überglücklich bei der Vorstellung, dass dieser großartige Mann in wenigen Wochen der Meine sein würde. „Und was du da gerade über mich gesagt hast ... dürfte ich das auf meiner Geschäftswebsite aufführen, um neue Kunden zu gewinnen?"

„Alles, was mein ist, ist auch dein, und dazu gehören auch meine Worte."

Ich kicherte erneut und machte mir direkt eine mentale Notiz, meine Website zu aktualisieren, sobald dieser Fall abgeschlossen war. Dann setzte ich ihn nochmals ausführlich über die Vorkommnisse der vergangenen Nacht ins Bild. Abschließend berichtete ich über unsere bisherigen Ermittlungen und meine Vermutung, dass die Hirsche etwas damit zu tun haben könnten.

„Ich weiß nicht, Angie", sagte mein Verlobter nach einer langen Pause. „Sie ist gestürzt und hat sich den Kopf aufgeschlagen? Für mich klingt das nach einem Unfall. Und die Polizei scheint ja der gleichen Meinung zu sein."

„Trotzdem werde ich das Gefühl nicht los, dass

irgendetwas an der Sache faul ist." Ich seufzte. Irgendwie hatte ich gehofft, er würde ein kleines Detail heraushören, das ich übersehen haben könnte. Dass ich den Fall mit seiner Hilfe würde aufklären können.

„Natürlich ist es frustrierend, wenn keine der Spuren dich so richtig weiterbringt." Seine Antwort war aufrichtig, aber gleichzeitig schien auch er enttäuscht, dass er mir dieses Mal keine wirkliche Hilfe zu sein schien. „Geh noch einmal sämtliche Hinweise durch, die du entdeckt hast. In der Kamera befand sich nicht einmal ein Film. Die Stiefelabdrücke stimmen mit denen von Officer Bouchard überein, und für die ominösen Lichter von Taschenlampen gibt es nur einen einzigen Zeugen ... Deinen Kater, von dem wir wissen, dass er nicht gerade der Zuverlässigste ist. Was, wenn er sich das nur ausgedacht hat, um sich auf deine Kosten zu amüsieren?"

„So etwas würde er nie tun", verteidigte ich ihn, obwohl wir beide wussten, dass er das würde und auch schon oft getan hatte. War meine Suche zum Scheitern verurteilt? War mein Bauchgefühl eher Einbildung und schlechtes Gewissen als detektivischer Spürsinn?

Charles zumindest schien das zu glauben.

„Womöglich war es gar nicht real und er hatte lediglich einen schlimmen Traum?"

Nervös zupfte ich an der Haut meines Ellbogens herum. Nein! Auch wenn alle anderen den Fall abtaten, war ich mir sicher, dass an dieser Sache etwas nicht stimmte. Irgendetwas war vorgefallen, und ich würde nicht eher ruhen, bis ich herausgefunden hatte, ob es sich bei diesem Etwas um Mord handelte oder nicht.

14

ch nahm Paisley an die Leine, die ich immer im Auto liegen hatte, und ging mit ihr hinein in den Laden. Diese Tierhandlung war viel kleiner als die andere, bekanntere Filiale einer Ladenkette, die in diversen Städten vertreten war. Die einzigen Haustiere, die man hier kaufen konnte, waren verschiedene Arten von Süßwasserfischen. Ansonsten umfasste das Sortiment fast ausschließlich Heimtierbedarf.

Von der schmalen Schaufensterfront aus zogen sich drei lange, enge Gänge in den hinteren Bereich, und vor einem großen Aquarium mit tropischen Fischen befand sich ein Tresen, auf dem lediglich eine altmodische Registrierkasse stand.

Paisley zerrte heftig an ihrer Leine, und so folgte

ich ihr in den Mittelgang zu der Auslage mit den Hundeleckerlis. „O Mami, schau doch mal. Darf ich eines haben?", bettelte sie und stellte sich auf die Hinterbeine.

„Ja, sobald wir das gefunden haben, wofür wir hergekommen sind", versprach ich ihr, in der Hoffnung, sie würde sich zumindest diesmal ein Teilchen aussuchen, das ihrer Größe entsprach. Zwar fand ich es entzückend, der Kleinen dabei zuzusehen, wie sie sich an überdimensionalen Knochen versuchte, aber den letzten musste ich dann irgendwann entsorgen, weil er bereits zu stinken anfing.

„Kann ich Ihnen helfen?" Ein Mann, der mir bisher noch gar nicht aufgefallen war, streckte seinen Kopf um die Ecke und strahlte mich an. Einen Moment lang machte ich mir Sorgen, dass er die Diskussion zwischen Paisley und mir mitbekommen haben könnte. Andererseits war auch er ein Tierliebhaber, und für so jemanden war es völlig normal, dass ein Hundehalter sich mit seinem Vierbeiner unterhielt. Und glücklicherweise hatte ich auch nichts gesagt, was darauf schließen ließ, dass ich mit Tieren sprechen konnte. Mein Geheimnis war also nach wie vor sicher, zumindest, was diesen Fremden anbelangte.

„Hallo", antwortete ich daher mit einem freundlichen Winken. „Ich bin Angie. Mir ist aufgefallen, dass Ihr Geschäft neu in der Stadt ist, und da dachte ich mir, ich schaue einfach mal vorbei." Tatsächlich gab es den Laden schon seit einigen Wochen, und mit Sicherheit war Großmutter bereits hier gewesen. Nur ich hatte es bisher noch nicht geschafft. Sonderlich gut schienen seine Geschäfte allerdings nicht zu laufen, denn ich konnte keine weiteren Kunden entdecken. Ich musste mich wirklich mehr bemühen, die lokalen Händler zu unterstützen ... Schließlich war ich ja selbst so etwas in der Art.

„Hallo", entgegnete der Mann und winkte überschwänglich zurück. „Ich bin Frank, und bevor Sie fragen ... ja, Beans ist bestimmt auch irgendwo hier in der Nähe."

„Beans?", erkundigte ich mich ein einem schrilleren Tonfall als mir lieb war.

„Ja, deshalb heißt der Laden auch Frank and Beans. Meine Mutter meinte zwar, es würde die Leute nur irritieren, aber ich fand den Namen einfach süß. Sie nicht auch?"

„Ja, auf jeden Fall. Er hat mich direkt angesprochen." Das war natürlich eine glatte Lüge, denn ich hatte vor dem Eintreten gar nicht auf das Namensschild geachtet. Wieder etwas, das nicht unbedingt für meine detektivischen Fähigkeiten sprach.

Inzwischen hatte Frank sich zu mir in den Gang mit dem Hundezubehör gesellt, und ich konnte ihn endlich in voller Größe in Augenschein nehmen. Zu einer etwas zu langen Khakihose, wovon die aufgerissenen, schmutzigen Säume zeugten, trug er ein langärmeliges, kariertes Kragenhemd, und darüber ein T-Shirt mit Aufdruck. Das Anime-Motiv auf dem Shirt sagte mir zwar nichts, aber die vollbusige Dame mit den geschürzten Lippen und dem koketten Augenaufschlag war wohl kaum ein passendes Arbeitsoutfit. Die armen Single-Frauen in Blueberry Bay sollten sich besser vor diesem Typen in Acht nehmen.

„Ist Beans Ihr Hund?", fragte ich im Plauderton, unfähig, meinen Blick von dem Cartoon zu lösen.

„Nein, er ist eine Katze!" Als Frank bemerkte, wie ich ihn unverwandt anstarrte, errötete er und verschränkte die Arme vor der Brust, um das Bild zu verdecken. „Sein voller Name lautet Toby Toe Beans McGillicutty. Er ist ein wenig schüchtern, aber ich kann ihn gerne holen, wenn Sie ihn mal sehen möchten."

„Leider habe ich heute nicht allzu viel Zeit und hatte lediglich gehofft, ich dürfte Ihnen eine kurze Frage stellen. Ich werde aber auf jeden Fall wiederkommen, um Toe Beans kennenzulernen, das verspreche ich." Dieses Angebot erschien mir passend und freundlich genug. Ob mir sein T-Shirt nun gefiel oder nicht, Frank schien ein netter Kerl zu sein, und es gab absolut keinen Grund, sich ihm gegenüber abweisend zu verhalten. Außerdem trug ich ja meinen diamantenen Verlobungsring, welcher ihn, falls nötig, in seine Grenzen verweisen würde.

„Nur Beans", korrigierte er mich, und endlich schaffte ich es, ihm wieder ins Gesicht zu schauen.

„Richtig." Ich nickte einmal, dann ein zweites Mal.

Endlich ließ er die Hände fallen, machte eine große, ausladende Geste und erkundigte sich: „Prima. Und wie lautet Ihre Frage? Ich helfe gerne, wo immer ich kann. Mom predigt mir zwar seit Wochen, dass es nicht einfach werden wird, mit den großen landesweiten Ketten zu konkurrieren, aber ich sage immer, dass nichts, was sich lohnt, jemals einfach ist."

„Ja, da stimme ich Ihnen voll und ganz zu." Ich griff nach unten und schnappte mir eine Tüte Leckereien für Paisley, die vor lauter Vorfreude direkt laut zu jaulen anfing. „Ich nehme die hier. Und zudem hatte ich gehofft, noch etwas Futter für Hirsche mitnehmen zu können. Ich wohne nämlich unmittelbar am Wald, und viele von ihnen spazieren täglich durch meinen Garten. Da dachte ich mir, dass ich mich vielleicht mit ihnen anfreunden könnte, wenn ich ihnen etwas zu Fressen hinstelle."

„Ach ja, sie sind solch bemerkenswerte Kreaturen." Er fuchtelte wild mit den Armen herum und holte eine kleine Tüte mit Leckerchen aus dem Regal. „Ich würde Ihnen wirklich zu gerne helfen, und wenn Sie kurz vor Weihnachten nochmals wiederkommen, kann ich das auch. Im Moment jedoch habe ich kein reguläres Futter auf Lager, wegen der Vorschriften und so."

Ich zog eine Augenbraue in die Höhe. „Vorschriften?"

„Es ist Jagdsaison, was bedeutet, dass das Füttern der Hirsche verboten ist. Andernfalls hätten wir eine ganze Schar von Schützen, die die armen Dinger ködern und ihnen dann am Trog die Köpfe wegblasen." Er hob einen Zeigefinger und richtete ihn, dem Lauf einer Pistole gleich, auf mich. Dann runzelte er die Stirn und steckte die Hände wieder in seine Hosentaschen.

„Sie sind demnach kein Fan der Jagd?", wagte ich zu fragen.

„Nein, ganz im Gegenteil – überzeugter Vegetarier. Für Beans allerdings mache ich eine Ausnahme. Es wäre ungesund, ihm sämtliche natürliche

Nahrung zu verweigern, also bekommt er zumindest ab und zu Fisch."

Die arme Katze. Octocat liebte zwar ebenfalls seine Garnelen, seinen Thunfisch und die berühmten Hummerbrötchen, aber er würde mir den Kopf abreißen, sollte ich versuchen, seine Mahlzeiten in irgendeiner Weise einzuschränken. Das eine Mal, als ich ihm kalorienreduziertes Futter vorsetzte, hatte er mir jeden Tag das Bett vollgekotzt, bis ich wieder auf das fette Vollwertzeugs umstellte.

„Hätten Sie einen Tipp für mich, wo ich es sonst bekommen könnte?", fragte ich und versuchte, unser Gespräch wieder zurück auf das ursprüngliche Thema zu lenken.

„Entschuldigung, vielleicht habe ich mich nicht verständlich genug ausgedrückt. Mutter sagt immer, ich rede zu schnell, und dadurch läuft jedes Gespräch aus dem Ruder. Eine ziemlich seltsame Formulierung, finden Sie nicht auch? Was haben Unterhaltungen mit Booten zu tun? Wie dem auch sei, ich kann Ihnen im Moment kein derartiges Futter anbieten. Das kann niemand, da der Kauf und Verkauf derzeit illegal wäre." Frank schniefte und fuhr sich mit der Hand durchs Haar, das ziemlich lang war. Ließ er es sich bewusst wachsen oder hatte er einfach keine Zeit gehabt, zum Frisör zu gehen?

Kurz überlegte ich, inwieweit ich bereit war, mich meinem neuen Bekannten gegenüber zu öffnen. Obwohl er ein wenig seltsam rüberkam und extrem redselig zu sein schien, war er definitiv freundlich. Allerdings war nicht auszuschließen, dass er sich mit jedem, der seinen Laden betrat, über private Dinge austauschte. Das konnte und wollte ich nicht riskieren.

Also machte ich auf cool und lachte. „Okay, wieder was gelernt. Meine Nachbarin bat mich nämlich, ihr auch noch einen Sack mitzubringen, aber diese Vorschriften hat sie mir gegenüber nicht erwähnt. Sie hat nämlich nur noch einen übrig, so einen großen Leinensack, der bis zum Rand mit was auch immer gefüllt ist ... Einer Art Getreide, denke ich."

Plötzlich kniff er die Augen zusammen und sah mich misstrauisch an. War ich mit meinen Fragen zu weit gegangen? „Bestimmt hat sie sich den vor Beginn der Jagdsaison besorgt."

„Vermutlich. Wissen Sie, wo sie ihn gekauft haben könnte? Gibt es noch andere Geschäfte in der Stadt, die außerhalb der Saison Wildfutter anbieten?"

„Die großen Handelsketten führen es nicht, das kann ich Ihnen versichern. Die haben zwar hunderte verschiedene Sorten von Hundefutter im Angebot, aber nicht das. Und soviel ich weiß, auch sonst niemand. Sie werden wohl oder übel bei Frank and Beans kaufen müssen. Ich habe sogar schon einen schönen Vorrat auf Lager, da mein Lieferant die Sendung versehentlich Monate vor dem vereinbarten Termin rausgeschickt hat. Das war natürlich ein dummer Fehler, aber immerhin hat er mir kostenlosen Lagerraum zur Verfügung gestellt, so dass ich nicht die komplette Charge zurückschicken musste. Wie auch immer … sobald die Vorschriften aufgehoben werden, kann ich Ihnen in dieser Sache behilflich sein. Und in der Zwischenzeit, wie wäre es mit ein wenig Saatgut für Wildvögel?" Er wandte sich dem nächsten Gang zu, und ich trottete gehorsam hinterher.

„Vögel dürfen nämlich das ganze Jahr hindurch gefüttert werden. Man muss nur darauf achten, dass die Eichhörnchen den Körnermix nicht klauen", erklärte Frank und deutete auf die entsprechenden Beutel. „Für die hätte ich aber auch etwas Spezielles, wenn das etwas für Sie wäre?"

„Vielen Dank. Das war sehr lehrreich." Ich wählte eine kleine Tüte mit Vogelfutter aus, stellte sie dann jedoch wieder zurück. „Wäre es okay, dass ich mich erst noch ein wenig umschaue? Ich melde mich dann, wenn ich bereit bin zu bezahlen."

Er nickte begeistert. „Na klar. Nehmen Sie sich alle Zeit, die Sie brauchen. Ich muss sowieso noch neues Material sortieren. Rufen Sie einfach, wenn Sie so weit sind."

Kaum dass Frank endlich durch die Schwingtüren verschwunden war, die den vorderen Teil des Ladens von dem rückwärtigen trennten, nahm ich Paisley auf den Arm und flüsterte: „Und jetzt suchen wir uns die Leckereien heraus, die du wirklich haben möchtest."

15

„Psst", ertönte eine leise, fremde Stimme aus dem nächsten Gang. Ich senkte den Kopf und blickte mich suchend um, konnte aber niemanden entdecken.

„Irgendwie riecht es nach Katze", erklärte Paisley, und just in diesem Moment fuhr eine kleine Pfote zwischen all den Schachteln und Beuteln mit Leckerlis hervor und tippte mir auf den Arm.

„Kein Wort", drängte die Stimme erneut. „Ich habe vorhin gehört, wie du mit dem Hund gesprochen hast, was darauf schließen lässt, du kannst auch mich verstehen." Im rückwärtigen Teil des Regals blitzten ein Paar funkelnde grüne Augen auf, den restlichen Körper jedoch verhüllte die Dunkelheit.

„Beans?", fragte ich und beugte mich nach vorne, um einen besseren Blick auf ihn zu erhaschen.

„Psst!" Ein langer, schlaksiger Körper mit orange-weißen Streifen bewegte sich vorsichtig auf uns zu. „Nicht so laut, sonst kommt mein Mensch zurück und ruiniert alles. Hör einfach zu, okay? Nicke zum Zeichen, dass du verstanden hast."

Ich schürzte die Lippen, nickte wie befohlen und wartete, dass Beans mit seinem Anliegen herausrückte.

Er sprach extrem leise, was die ganze Begegnung noch unheimlicher machte. „Wie ich mit angehört habe, willst du außerhalb der Saison Futtermittel kaufen, und ich kann das für dich arrangieren."

Ich nickte erneut und streckte die Daumen nach oben.

„Großartig. Ich beschaffe dir die nötigen Informationen, wenn du mir gibst, was ich brauche." Oha. Das Ganze fühlte sich mehr und mehr wie ein Schwarzmarkthandel an. Wer hätte gedacht, dass die Leidenschaft der Nachbarin für die Fütterung der örtlichen Wildtiere mich in diesen seltsame Kaninchenbau führen würde?

„Was brauchst du denn?", erkundigte ich mich, begierig, dieser Spur zu folgen, und mochte sie auch noch so seltsam sein.

Er knurrte und richtete sich drohend auf. „Psssst, du sollst doch nicht reden!"

Ich seufzte ergeben. So nervig Octocat auch sein mochte, Toby Toe Beans McGillicutty war weitaus schlimmer.

„Frank hat dir doch von meinem kleinen Problem erzählt, oder? Du weißt schon, die blöde Fisch-Diät? Mann, ich könnte sterben für ein Steak. Komm später nochmals vorbei und bring mir ein schönes Stück aus der Rippe, und ich werde sehen, was ich bis dahin tun kann, um dir dein Futter zu organisieren." Damit machte er auf dem Pfotenabsatz kehrt und tauchte wieder in die Dunkelheit der Regale ab.

Ich wollte ihm noch etwas hinterherrufen, um weitere Details bezüglich des vorgeschlagenen Arrangements abzusprechen, aber just in dem Moment kam Frank mit einer großen Ladung Katzendosenfutter zurück.

„Noch alles in Ordnung bei Ihnen?", fragte er, obwohl er mich kaum zehn Minuten allein gelassen hatte.

„Ja, ich glaube, ich würde jetzt dann zahlen", sagte ich und hoffte, dass die Leckereien, die ich bereits in der Hand hielt, nach Paisleys Geschmack waren. Immerhin hatte ich mein Versprechen, sie selbst etwas aussuchen zu lassen, durch Beans' Auftauchen nicht einhalten können.

Frank, einen alten Rock Song vor sich hin summend, scannte die von mir gewählten Artikel, kassierte, und wünschte mir dann grinsend einen schönen Tag. „Beehren Sie mich bald wieder", rief er noch, als ich mich bereits der Tür zuwandte, „und helfen Sie mir, Mutter zu beweisen, dass ich mit meiner Entscheidung zur Eröffnung eines eigenen Ladens richtig lag!"

Sobald wir im Auto saßen, öffnete ich die Tüte mit den Leckerlis und bot Paisley eines an. Freudig mit dem Schwanz wedelnd, schnappte sie danach.

„Das war ziemlich seltsam, was?", fragte ich.

„Katzen sind immer ziemlich seltsam", murmelte sie, während sie an meiner Hand leckte. „Aber ich mag sie trotzdem!"

Ich wartete, bis sie fertig genascht hatte, dann startete ich den Wagen und fuhr los in Richtung Mall. Hoffentlich war Beans gewillt, ein rohes Steak zu verspeisen, denn ich hatte keine Zeit, es extra für ihn zuzubereiten. Außerdem könnten die Gewürze, die ich normalerweise verwendete und die Octocat liebte, ihm nicht schmecken, und am Ende würde er auf eine neue Belohnung bestehen. Ihn kannte ich vielleicht nicht gut, aber Katzen im Allgemeinen umso besser.

Am Supermarkt angekommen, ließ ich Paisley kurz im Auto und rannte hinein, um das Bestechungsfutter zu besorgen. Dieses wickelte ich in einen Packen Servietten, die ich immer im Handschuhfach mit mir führte, steckte das Päckchen in meine Handtasche und kehrte auf direktem Weg zurück zu der Tierhandlung.

Frank hatte mich offenbar bereits bemerkt und wartete an der Ladentür auf mich. Mit einem riesigen Grinsen auf dem Gesicht hielt er sie für mich auf, wodurch ich mich gezwungen sah, mich an ihm vorbeizuquetschen. „Willkommen zurück. Irgendwie war mir klar, dass ich Sie wiedersehen würde. Allerdings hätte ich nicht erwartet, dass es so bald wäre."

„Na ja, ich habe nochmals nachgedacht und festgestellt, dass ich bei all den gefiederten Freunden, die täglich meinen Garten besuchen, auf jeden Fall eine größere Tüte Vogelfutter benötige. Und da ich nicht will, dass jemand zu kurz kommt, beschloss ich, mir einen größeren Vorrat zuzulegen."

Er wackelte begeistert mit dem Kopf. „Eine ausgezeichnete Idee. Ich kann Ihnen ein Produkt namens Parks empfehlen. Kommen Sie mit, ich zeige Ihnen, wo es steht." Er bog in einen der Gänge ab und gab mir ein Zeichen, ihm zu folgen.

„Ehrlich gesagt würde ich ganz gerne die einzelnen Marken mit den entsprechenden Online-Rezensionen vergleichen, um sicherzustellen, dass ich eine fundierte Entscheidung treffe", erwiderte ich, da ich auf die Schnelle eine plausible Erklärung finden musste, um ihn loszuwerden. „Ich hoffe, Sie nehmen mir das nicht übel?"

„Solange Sie im Anschluss etwas kaufen, können Sie hier tun und lassen, was Sie wollen. Und sollten Sie auf die Meinung eines Experten Wert legen, wissen Sie ja, wo Sie mich finden." Mit einem letzten anzüglichen Zwinkern ließ er mich stehen und ging zurück in den vorderen Bereich des Geschäfts. Glücklicherweise befand sich das Vogelfutter ziemlich weit hinten, was mir ein wenig Privatsphäre verschaffte, um mit dem gefräßigen Beans das Tauschgeschäft Fleisch gegen Informationen abzuwickeln.

Ich ging also in die Hocke, drehte mich mit dem Rücken in Richtung Eingang, holte mein Handy aus der Tasche und presste es mir ans Ohr. In dieser Position konnte ich das Steak unbemerkt auspacken und hätte zudem noch eine Ausrede, sollte Frank mich mit den Tieren reden hören.

Dann schnalzte ich mit der Zunge und lockte: „Hier, Kätzchen, Kätzchen."

Paisley wedelte mit dem Schwanz und bellte kurz und lauf auf.

„Sei still!", wies ich sie an, denn ich war mir ziemlich sicher, dass ihr Gekläffe die Aufmerksamkeit des Ladenbesitzers erregen würde.

„Psst, ich bin hier drüben."

Also drehte ich den Kopf in die Richtung, aus der die Stimme kam, aber Beans fuhr mich ungehalten an. „Nein, sieh nicht her. Hör einfach zu."

Ich nickte ergeben, fragte mich jedoch, warum jede Interaktion mit diesem Kater so ablief, dass er von mir verlangte, ich solle einen meiner primären Sinne abschalten.

„Du hast die Ware, ich kann sie riechen. Also bitte mach jetzt Folgendes: Packe das Steak aus und leg es vor dich auf den Boden. Ich prüfe, ob alles in Ordnung damit ist, und dann werde ich dir erzählen, was du wissen wolltest.

Ich nickte, griff in meine Handtasche, befreite das Steak von sämtlicher Verpackung und legte es vor mir ab. Den verräterischen Müll nahm ich natürlich wieder an mich. Dann wartete ich ...

„Mami?", juchzte Paisley freudig erregt. „Ist das für mich?"

Schnell hob ich sie mit einer Hand hoch, damit sie sich nicht über unsere Bestechungsmahlzeit hermachte, bevor der angedachte Empfänger sie sich holen konnte.

Trotz der strikten Anweisung, nicht nach links oder rechts zu schauen, riskierte ich einen Blick zur Seite und sah, wie er sich in geduckter Haltung näherte.

Dicht vor mir hielt er inne und leckte ein paar Mal über das Fleisch. „Ja, genau so etwas hatte ich erwartet."

Während er sich der Leckerei widmete, tippte ich auf meinem Telefon herum und sagte: „Hallo? Ja. klar. Was wolltest du mir gleich nochmals sagen?"

Beans musterte mich abschätzend und nickte dann anerkennend. „Cleverer Trick, obwohl der gar nicht nötig wäre, um Frank zu überlisten. Glaubst du etwa, es war seine Idee, diesen Laden zu eröffnen? O nein! Das war Teil meines Plans, um etwas Abwechslung in meine Diät zu bringen, damit ich mich nicht den Rest meiner sieben Leben von Fisch ernähren muss. Wie auch immer ... der Lagerist heißt Steve. Er kommt zweimal pro Woche vorbei, um Ware zu liefern. Leider war er erst gestern hier, was bedeutet, dass er erst in ein paar Tagen wieder aufkreuzen wird. Er fährt einen großen weißen Truck mit dem Bild einer Krabbe und eines Leuchtturms darauf.“

„Ja, ich würde nur zu gerne ein Treffen arrangieren“, sage ich zu dem imaginären Gesprächspartner am anderen Ende der Leitung. „Wann würde es Steve und Ihnen am besten passen?“

„Das kann ich dir leider nicht sagen. Er hat keine festen Tage. Und, ganz ehrlich, irgendetwas an dem Kerl riecht nicht richtig, wenn du verstehst, was ich meine. Aber sollte er Franks Hirschfutter irgendwo gelagert haben, wird er es dir ganz sicher verkaufen … Natürlich gegen einen entsprechenden Aufschlag.“

„Danke“, sagte ich, verstaute das Handy wieder in meiner Tasche und streichelte dem orangefarbenen Kater über den Kopf.

Er jedoch schnappte sich schnell den riesigen Fleischbrocken und rannte davon, um ihn irgendwo in Ruhe zu verspeisen. Und ich griff nach der größten Tüte mit Vogelfutter, die ich entdecken konnte, mehr als bereit, von hier zu verschwinden und die nächste Phase meines Plans in die Tat umzusetzen.

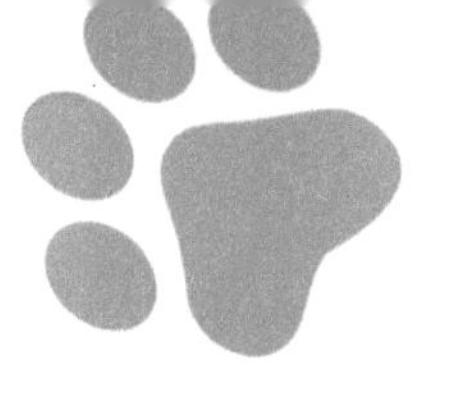

16

kay, mein Guter, was hast du für mich?",
fragte ich meinen Webbrowser,
nachdem ich Google aufgerufen und
meine Suchbegriffe eingegeben hatte. *Krabbe, Leucht-
turm, Lagerhaus, Blueberry Bay, Maine.*

Die ersten Ergebnisse bezogen sich auf echte
Leuchttürme, Fischmärkte und lokale Restaurants,
aber auf der zweiten Seite wurde ich fündig: Ich
entdeckte eine Link zu Scotch on the Docks Storage
Service, das einem gewissen Steven Scotch gehörte.
Das musste es sein, auch wenn mir nicht einleuch-
tete, was die Krabbe in dem Logo mit dem Unternehmen zu tun hatte. Egal, mein Bauchgefühl sagte
mir, dass ich auf der richtigen Spur war.

Leider handelte es sich bei der Adresse lediglich um ein Postfach, und als ich die Nummer wählte, die online vermerkt war, meldete sich lediglich eine Computerstimme, die mich informierte, dass diese nicht mehr aktuell sei.

Sehr seltsam für jemanden, von dem ich aus erster Hand wusste, dass er noch aktiv im Geschäft war. In Ermangelung einer besseren Idee beschloss ich, die Docks abzufahren und hoffte, dass ich Glück hatte.

Also machte ich mich auf in Richtung der Bucht, die dieser Region ihren Namen gab, und fragte mich, ob Octocat bei seiner Inspektion des Nachbaranwesens wohl erfolgreicher gewesen sein mochte als ich. Hatte er die fehlende Speicherkarte und die restlichen Kameras schon gefunden? Oder war ihm langweilig geworden und er war nach Hause zurückgekehrt, um sein wohlverdientes Nickerchen zu halten? Beides war möglich, aber das würde ich noch früh genug herausfinden. Dann wanderten meine Gedanken weiter zu Pringle. War es ihm wohl gelungen, den verängstigten Hirschen beziehungsweise Zeugen zum Reden zu bewegen? Schon seltsam, dass wir drei diesen Fall aus völlig unterschiedlichen Blickwinkeln angingen. Aber hoffentlich bekämen wir ihn gerade deshalb in kürzester Zeit gelöst. Und sollten sowohl der Waschbär als auch mein Kater versagt haben, kam zumindest ich – beziehungsweise Paisley und ich – gut voran.

Ich fuhr auf einen großen, fast verlassenen Parkplatz, stellte den Motor ab, atmete mehrmals tief durch und machte mich dann auf den Weg in Richtung Docks. Dabei fühlte ich mich alles andere als wohl in meiner Haut, erinnerte mich dieser Gang doch an meinen letzten Besuch hier, als ich dank einer bewaffneten Verrückten fast ertrunken wäre. Dieses Mal jedoch war es anders. Es war helllichter Tag, und ich hatte mich aus freien Stücken hierher begeben. Und ich kam in Begleitung von Paisley, die zusätzlich für meine Sicherheit sorgen würde. Sicher, die kleine Hündin konnte in einem Kampf nicht viel ausrichten, hatte aber die Angewohnheit, bei der kleinsten vermeintlichen Bedrohung lautstark zu bellen. Meist schlug sie allerdings schon bei Nichtigkeiten wie knisterndem Laub oder dem sich nähernden Postboten Alarm, aber es war gut zu wissen, dass sie die Umgebung im Auge behielt, so dass ich mich auf meine Mission konzentrieren konnte.

Nach einem kurzen Fußmarsch stieß ich auf die

Besatzung, die gerade die Ladung eines großen Schiffes löschte, und marschierte beherzt auf sie zu. „Entschuldigung? Ich suche Steve Scotch, Inhaber der Firma Scotch on the Docks Storage. Wisst ihr vielleicht, wo ich ihn finden kann?"

Zuerst schien es so, als hätte niemand von ihnen mich gehört. Eine Handvoll stämmiger Männer und Frauen beförderte weiter Waren vom Schiff an Land und ignorierte mich komplett. In ihren einheitlichen dunkelblauen Overalls und den schweren Stiefeln mit Stahlkappen glichen sie einer kleinen, effizienten Armee. Mit Sicherheit machte ich mit meinem gepunkteten Maxikleid, den Schaumstoff-Flipflops und meinem Chihuahua-Begleiter einen beinahe schon lächerlichen Eindruck auf sie, aber für meinen Modegeschmack entschuldigte ich mich nicht bei ihnen. Eher für die Störung, wo sie doch offensichtlich so viel zu tun hatten.

„Hallo, Verzeihung", versuchte ich es erneut und hob die Hand, um ihre Aufmerksamkeit zu erregen. „Kann mir vielleicht jemand sagen, wo sich Steve Scotch aufhält?"

Diesmal hatten sie mich definitiv gehört. Ein paar der Männer knurrten einander etwas zu, während sie mit finsteren Blicken zu mir herüberstarrten, wodurch ich mich äußerst unbehaglich fühlte. Als ich gerade beschloss, es anderswo zu probieren, setzte eine der Frauen ihre Fracht ab und kam auf mich zu. „Sei vorsichtig, nach wem du hier fragst. Steve Scotch ist Persona non grata, nachdem er uns bei unserem letzten Job über den Tisch gezogen hat."

Bei dieser Erklärung zuckte ich zusammen. „Das tut mir wirklich leid."

Sie wischte sich mit dem Unterarm den Schweiß von der Stirn und atmete schwer aus. „Ist ja nicht deine Schuld, aber soweit ich weiß, hat der Typ sein Geschäft aufgegeben. Wir haben ihn seit fast einem Monat nicht mehr zu Gesicht bekommen."

Ich nickte. „Danke für die Info." Kein Wunder, dass die anderen Arbeiter über meine Anwesenheit verärgert schienen. Ich war wie aus dem Nichts aufgetaucht und hatte üble Erinnerungen wachgerufen. Mit Sicherheit nahmen sie an, ich sei auf der Suche nach dem Kerl, weil er ein Freund wäre, nicht jedoch, weil ich ihn des Mordes verdächtigte. Aber diese Einzelheiten brauchten sie auch nicht zu wissen.

Er war also offensichtlich nicht mehr in dieser Branche tätig, aber Beans hatte mir bestätigt, dass er nach wie vor zweimal die Woche mit neuer Ware in die Zoohandlung kam und sogar erst gestern dort gewesen sei. Was war hier los? Und was hatte all das mit Angela Millers Tod zu tun? Ich war so nah dran, diesen Fall zu lösen, dass ich es förmlich riechen konnte. Ich muss nur noch einmal zurück in die Tierhandlung gehen und mit Frank oder seinem Kater reden ... Oder mit beiden.

Wie aber sollte ich meine Fragen begründen? Beans war nur eine Katze. Ich hatte Glück, dass er so viel wusste und bereit gewesen war, diese Informationen gegen ein geradezu lächerliches Schmiergeld mit mir zu teilen. Frank hingegen war die Vorstellung, während der Jagdsaison Futtermittel zu verkaufen, eindeutig unangenehm. Wenn ich also noch einmal zurückkäme und auf weitere Details drängte, müsste ich wohl oder übel alles erklären ...

Oder ich könnte Grandma dazu bringen, reinzugehen und sich gezielt nach dem Typen zu erkundigen. Vielleicht, indem sie behauptete, dass sie dringend ein paar Sachen einlagern müsste und Steve ihr empfohlen wurde. Leider wäre er telefonisch nicht erreichbar, allerdings hätte sie seinen Lieferwagen am Tag zuvor vor der Tierhandlung gesehen und von daher gehofft, Frank könnte den Kontakt herstellen. Ja, das wäre auf jeden Fall besser und unauffälliger, als sich an den Docks auf die Lauer zu legen und neugierige Fragen zu riskieren. Also würde ich jetzt wieder nach Hause fahren, Grandma meinen

Entschluss, sie ins Boot zu holen, mitteilen, und schauen, was die anderen beiden mittlerweile in Erfahrung bringen konnten.

Ich bedankte mich noch einmal bei der Hafenmitarbeiterin und machte mich auf den Weg zurück zum Wagen. Just in diesem Moment fing Paisley an zu knurren. Ich schaute zu ihr hinunter und sah, wie sich ihr Fell im Nacken aufstellte und sie die Zähne fletschte.

Sofort machte sich Panik in mir breit. Ich hielt die Luft an und erkundigte mich: „Was ist los, Kleines?"

Sie knurrte erneut, riss sich von der Leine los und stürzte in fieberhaftem Tempo davon. Zwar war ich mir nicht sicher, ob sie auf etwas zu- oder vor etwas weglief, sprintete jedoch direkt hinterher.

Sie stürzte sich in einen Schwarm Möwen, die sich auf dem Pier versammelt hatten, und bellte dermaßen laut und wütend, bis sie auch noch den letzten der Vögel verjagt hatte.

Als ich endlich zu ihr aufschloss, nahm ich sie hoch und drückte sie an mich. „Was hatte das denn zu bedeuten? Ist alles in Ordnung?"

„Sie haben gemeine Dinge über dich gesagt, Mami", winselte sie und wandte sich in meinen Armen. „Einer von ihnen wollte dir sogar auf den Kopf kacken!"

Eine der Möwen schwebte wieder herab und ließ sich auf dem Holzgeländer nieder. „Wie ich gehört habe, wirst du heiraten, Angie Russo", sprach sie mich mit einer unheimlich vertrauten Stimme an. *Alpha!* Es handelte sich um dieselbe Möwe, der ich die Führung über ihren Verband entzogen hatte, nachdem Charles und Pringle ihr üble Machenschaften nachweisen konnten. Sie hatte doch tatsächlich eine Katze angeheuert, um einen rivalisierenden Schwarm auszulöschen und damit ihr Revier zu vergrößern. Mit ihrem Nachfolger, Bravo, und dessen Adoptivtochter, Abigull, waren wir mittlerweile eng befreundet. Den ehemaligen Oberhäuptling jedoch hatte ich seitdem nicht mehr zu Gesicht bekommen.

„Was kann ich für dich tun?", fragte ich mit vor Angst zitternder Stimme. Dieser Kerl hatte Dutzende seiner eigenen Artgenossen kaltblütig ermorden lassen und mit Sicherheit noch ein Hühnchen mit mir zu rupfen, weil ich seine Verbrechen aufdecken konnte und er dadurch ins Exil verbannt wurde.

„Oh, du hast schon mehr als genug für mich getan", höhnte er. „Und da dachte ich mir, es wäre an der Zeit, dass ich mich revanchiere. Wir sehen uns dann bei der Zeremonie." Mit diesen Worten schwang er sich in die Lüfte und verschwand.

Paisley bellte ihm hinterher, bis er außer Sichtweite war, und ich fügte meiner mentalen To-do-Liste einen weiteren wichtigen Punkt hinzu: Ich musste unbedingt dafür sorgen, dass meine Hochzeit im Freien möwensicher war. Das sollte doch machbar sein, oder?

17

Als ich zu Hause ankam, war ich ziemlich erschöpft, aber zum Ausruhen blieb keine Zeit. Ich musste weitermachen, vor allem, weil ich das Gefühl hatte, ich stünde kurz davor herauszufinden, was der alten Miss Miller von nebenan tatsächlich passiert war.

Ich war kaum durch die Tür, als auch schon Octocat auf mich zugestürzt kam, ein spöttisches Grinsen auf dem pelzigen Gesicht.

„Wieso hast du so lange gebraucht?", fragte er mit halb geöffnetem Mund, in dem seine scharfen Schneidezähne aufblitzten.

Ich ließ meine Handtasche auf die Bank neben der Tür fallen und streifte meine Schuhe ab. „Zuerst waren wir in der Stadt in dieser neuen Tierhandlung.

Das Gespräch mit dem Besitzer brachte keine wirklich neuen Hinweise, aber dann ... "

„Vergiss es, Angela, das interessiert mich nicht."

Erstaunt schaute ich zu ihm hinunter und bemerkte, wie er mich anstarrte. Was auch immer ihn verärgert haben mochte, er gab eindeutig mir die Schuld dafür. „Aber du hast doch gerade gefragt ... "

„Noch einmal, deine Ausführungen sind mir egal." Knurrend schlenderte er davon. „Du hast schon genug von meiner wertvollen Zeit vergeudet. Jetzt folge mir einfach."

Er führte mich zum Esszimmertisch, wo ich sowohl meinen Laptop als auch die Kamera, die wir von der Veranda der Nachbarin hatten mitgehen lassen, abgelegt hatte. Und direkt daneben befand sich ein dritter Gegenstand.

„Ist das etwa ...?", fragte ich, unfähig meine Überraschung zu verbergen.

„Natürlich! Ich konnte die mir übertragene Aufgabe innerhalb kürzester Zeit erfüllen. Dem folgte eine qualvolle Wartezeit, während du anscheinend nichts weiter getan hast als Daumen zu drehen ... Daumen, die ich wohlgemerkt sehr gut hätte gebrauchen können. Und jetzt spiel endlich das Video ab. Ich bin so gespannt, es zu sehen, dass ich den ganzen Tag über kaum etwas essen konnte. Nicht einmal mein übliches Nickerchen habe ich gemacht." Er seufzte lautstark auf und gähnte demonstrativ, um seine Aussage zusätzlich zu unterstreichen.

Ich schluckte eine sarkastische Bemerkung bezüglich seines Gewichts und seines Aktivitätsgrades hinunter, denn schließlich war ich ebenso neugierig wie er, was wir auf dem Filmmaterial vorfinden würden.

Also steckte ich den kleinen Chip in den SD-Kartenschlitz meines Laptops und wartete, bis er das Video geladen hatte. Die meisten Aufnahmen waren langweilige Szenen von Miss Millers Veranda, auf denen sich rein gar nichts tat. Gelegentlich kam sie heraus, um ihre Blumen zu gießen oder in ihr Telefon zu brüllen ... zweifellos ging es bei diesen Gesprächen größtenteils um mich, aber sicher war ich mir nicht, da unserem Feed der Ton fehlte. Ich zoomte immer schneller durch die beweglichen Bilder und war schon knapp davor, aufzugeben, als ...

„Da!", rief Octocat und deutete mit der Pfote auf das Display. „Halt an und spul noch mal ein Stück zurück."

Ich tat, wie mir geheißen, und sah mit stummem Entsetzen, wie mein Kater auf der Bildfläche erschien, sich mitten auf den Holzvorbau hockte und sein Geschäft verrichtete.

„Haha, nicht schlecht, oder?", jubelte er seinem anderen Ich selbstgefällig zu.

„Nein, einfach nur ekelhaft", erwiderte ich und schüttelte den Kopf. „Wenn du das hier nicht ernst nimmst, können wir direkt wieder abbrechen."

Ich spulte weitere Minuten vor und gelangte zu dem besagten Tag, an dem die schrullige Alte später tot aufgefunden wurde. Und endlich tat sich etwas. Ein großer Mann stieg die Stufen zur Veranda hinauf und klopfte an ihre Tür. Er schien einer von der rauen Sorte zu sein, mit Glatze, dichtem Bart und abgetragener Kleidung.

Könnte das womöglich ...?

Ich zoomte in das Foto hinein, um weitere Einzelheiten auszumachen, aber dadurch wurde es leider nur noch unschärfer. Frustriert hielt ich inne und blickte zu meinem Fellgefährten hinüber. „Octocat, kannst du erkennen, was er da auf dem Arm hat?"

„Natürlich kann ich das. Nicht nur vom Gehör her ist die Katze dem Menschen weit überlegen, sondern auch vom Sehvermögen, dem Intellekt, der Schönheit, der ... "

„Bitte verzeiht, dass ich Euch so brüsk unterbreche, Eure Großartigkeit", fiel ich ihm schnaubend ins Wort, „aber ich muss wissen, was das da auf seinem

Arm ist. Wärst du so liebenswürdig, es mir zu sagen?"

Er gluckste und schüttelte den Kopf. „Ganz ehrlich, Angela, was würdest du nur ohne mich machen? Du hast es doch klar und deutlich vor Augen und kannst trotzdem nicht erkennen, dass es sich bei dem Ding auf seinem Oberarm um die Zeichnung einer Krabbe handelt?"

„Eine Zeichnung? Wie ein Tattoo?"

„Woher soll ich das wissen? Du bist ja bedauerlicherweise nicht cool genug, um dir selbst eines stechen zu lassen. Von daher habe ich noch nie eines in natura gesehen."

Also das konnte ich jetzt nicht auf mir sitzen lassen und verteidigte mich vehement. „Wenn ich dich korrigieren dürfte: Cool genug wäre ich schon, aber nicht mutig genug. Das ist ein großer Unterschied."

Er zuckte lediglich mit den Schultern, wandte sich ab und verdrehte mit Sicherheit wieder die Augen. Egal.

Ich startete das Video erneut und sah, wie Angela Miller die Tür öffnete und offensichtlich einen hitzigen Wortwechsel mit dem Mann führte. Dabei drehte der sich ein wenig, wobei sein Arm deutlicher zu sehen war, und in dem Moment machte es bei mir Klick.

Schnell schnappte ich mir mein Handy und öffnete erneut die Webseite, die ich vorher am Parkplatz vor der Tierhandlung gefunden hatte. Auch wenn sie völlig veraltet schien, befand sich zumindest das Firmenlogo darauf. Ich vergrößerte es und hielt mein Telefon neben den Bildschirm des Laptops.

„Was meinst du?", fragte ich meinen Partner, während meine Augen zwischen den beiden Bildern hin und her wanderten. „Sind die beiden Krabben identisch?"

„Ohne Zweifel", bestätigte er.

„Steve Scotch", brach es erleichtert aus mir heraus, weil ich den geheimnisvollen Besucher endlich identifiziert hatte. „Er ist definitiv unser Mann."

Mein Kater warf mir einen irritierten Blick zu. „Sehr schön, aber wer bitte ist Steve Scotch?"

„Das wüsstest du bereits, wenn du mich vorhin von meinem Tag hättest erzählen lassen, anstatt mich einfach so unhöflich abzuwürgen."

„Dann erzähl es mir einfach jetzt", erwiderte er genervt, wobei ihm die Ironie meiner Aussage offensichtlich entging.

Ich seufzte, tat ihm jedoch den Gefallen. Im

Moment gab es zu viel zu tun, um die Zeit damit zu verschwenden, ihm Manieren beizubringen. Und außerdem stellte er seine pelzgefütterten Ohren eh stets auf Durchzug, wenn er sich nicht für die Dinge interessierte, die ich zu sagen hatte.

Im Moment jedoch besaß ich seine volle Aufmerksamkeit.

„Angela", keuchte er, nachdem ich geendet hatte. „Warum hast du mir nicht schon früher davon berichtet? Das sind wichtige Fakten für unsere Ermittlungen."

„Ich habe es doch versucht, aber … "

Er hob eine Pfote, um mich erneut zum Schweigen zu bringen, sprang dann vom Tisch herunter und sah zu mir herauf. „Wir haben eindeutige Beweise, die diesen zwielichtigen Lagertypen mit der Leiche in Verbindung bringen. Es ist an der Zeit, die Polizei einzuschalten."

„Ja, klar. Und wie sollen wir denen erklären, wie wir auf diese Beweise gestoßen sind oder warum wir sie überhaupt für bedeutsam halten? Bei meinem Schlüsselinformanten handelt es sich um einen Kater namens Beans, und das Videomaterial wurde von einer weiteren Fellnase sichergestellt, noch dazu auf illegale Art und Weise. Bei der Sachlage brauche ich nicht einmal Charles, um zu wissen, dass wir damit vor Gericht keine Chance haben. Wir mögen eine mögliche Connection entdeckt haben, aber es gibt kein Motiv. Zumindest noch nicht. Vorrangig müssen wir die anderen Kameras finden und hoffen, dass sie uns mehr verraten." Ich hasste diese Worte, noch während ich sie aussprach. Wir waren so nah dran, aber auch diese Vermutung reichte für die Behörden noch nicht aus.

„Die habe ich bereits gefunden", antwortete Octocat und bedachte mich mit einem spitzen Blick.

Ich glaubte, meinen Ohren nicht zu trauen, und mein Puls schoss vor Aufregung in die Höhe. „Wirklich? Braves Kätzchen. Aber, äh, wo sind sie denn?"

„Die konnte ich natürlich ohne deine Hilfe nicht abmontieren", entgegnete er knurrend. „Aber da du dich ja endlich entschieden zu haben scheinst, für diesen Job etwas zu riskieren ... lass uns gehen."

Ich schluckte meine Erwiderung hinunter, nahm mir aber eines fest vor: Sobald dieser Fall gelöst war, würde ich ihm gründlich die Leviten lesen und sagen, wie sehr sein Verhalten mich oftmals verletzte.

Es war zwar nicht zu erwarten, dass ihn das sonderlich interessierte, aber zumindest ich würde mich danach besser fühlen.

18

„ch habe zwei weitere Kameras gefunden", informierte mich Octocat, während ich ihm über den Rasen zum Nachbargrundstück folgte. „Beide befinden sich im Blattwerk. Eine zeigt in Richtung unseres Hauses, die andere auf ihres. Sie waren nicht allzu schwer zu entdecken. Sicherlich wären sie selbst dir irgendwann aufgefallen, wenn du dich entsprechend angestrengt hättest."

„Gut gemacht. Zeig mir wo", sagte ich, obwohl er sich bereits einen Weg durch den Wald bahnte. Vor einem dicken hohen Baum hielt er inne, und tatsächlich befanden sich an dessen Stamm zwei Kameras.

Ich stellte mich vor die erste und versuchte mit geneigtem Kopf, deren Aufzeichnungswinkel zu bestimmen. Trotz des Dickichts konnte ich einen Blick auf unsere Veranda erhaschen.

Dann ging ich auf die andere Seite, um auch hier die Ausrichtung zu überprüfen, als mir ein heller gelber Blitz ins Auge stach. Er kam aus dem rückwärtigen Garten der Nachbarin. Unser Zeuge!

Ganz vorsichtig schlich ich mich näher, um den Hirschen nicht wieder zu verscheuchen, bevor ich eine Gelegenheit fand, mit ihm zu sprechen.

„Ähm, entschuldige bitte, was ist jetzt mit den Kameras?", zischte Octocat, schloss sich mir aber doch an.

Der Waldbewohner schien nicht bemerkt zu haben, dass wir auf ihn zukamen, sondern konzentrierte sich auf etwas vor ihm. Zwar versperrte sein massiger brauner Körper mir die Sicht auf das, was auch immer es sein mochte, aber bald schon verrieten mir meine Ohren, was meine Augen nicht sehen konnten.

„Sag mir auf der Stelle, was du weißt, oder ich mache Wildbret aus dir!", brüllte Pringle und warf die Arme hoch über den Kopf, um noch bedrohlicher zu wirken.

Irving schüttelte den Kopf, und das gelbe Tatortband, das nach wie vor sein Geweih zierte, baumelte hin und her. „Bitte bitte glaub mir doch. Ich weiß wirklich nichts."

O nein! Ich hätte dem Waschbären niemals eine so wichtige Aufgabe anvertrauen dürfen. Dieser Hirsch war eh schon verängstigt genug, da bedurfte es nicht auch noch Pringles Drohung, ihn aufzufressen. Leider wusste er nicht, dass sein maskierter Gegner eine Vorliebe für verarbeitete Lebensmittel hatte. Er würde nie und nimmer frisches Wildfleisch zu sich nehmen, nicht, solange er jede Woche in den Mülltonnen ausreichend Nachschub an Dosen und ähnlichem fand.

„Pringle, verschwinde von hier", stieß ich zwischen zusammengebissenen Zähnen hervor, bedacht darauf, meine Stimme nicht zu erheben und die Situation noch bedrohlicher zu machen, als sie eh schon war. Dann wandte ich mich in leisem Ton an den Hirsch. „Irving, bitte entschuldige. Niemand wird dir etwas zuleide tun."

W... Woher kennen Sie meinen Namen?", stammelte er.

Ich lächelte, um ihm zu zeigen, dass ich ihm freundlich gesinnt war. „Ich glaube, wir haben eine gemeinsame Freundin namens Paisley."

„Die kleine Hündin? Ja, die mag ich sehr gerne, ihn hingegen nicht." Irving wandte sich mit großen

Augen Pringle zu, als wäre er plötzlich von entgegen-
kommenden Scheinwerfern geblendet „Ganz und gar
nicht“, fuhr er fort und bewegte beim Reden kaum
die Lippen.

Exakt in diesem Moment kam Paisley angesaust
und griff ins Geschehen ein. „Hast du mich gerufen,
Mami? Oh, hallo Irving.“

Der Hirsch stand nach wie vor wie versteinert da
und starrte verängstigt auf den Waschbären.

„Belästigt dich dieser Idiot?“, fragte die kleine
Maus mit scharfer Stimme. Als Irving nichts darauf
erwiderte, stürzte sie sich mit gefletschten Zähnen
und aufgestellten Nackenhaaren auf den Waschbären. „Hau ab, du mieser Mistkerl!“, schrie sie kläffend
und inszenierte einen riesigen Aufstand.

„Ich wollte doch nur helfen“, verteidigte sich
Pringle, bevor er sich deprimiert in die Wälder
zurückzog.

„Wow“, merkte Octocat anerkennend an, obwohl
seine Miene eher Langeweile ausdrückte. „Dem hast
du es aber gezeigt, Paisley. Ich bin beeindruckt.“

Sie wedelte fröhlich mit dem Schwänzchen und
gab ihrem großen Bruder einen Kuss auf die Wange,
nicht ahnend, dass seine Worte eigentlich beleidi-
gend gemeint waren.

„Igitt! Wie oft soll ich dir das noch sagen? Katzen

stehen nicht auf Küsschen!" Wie erwartet, war er bei ihrem Beweis der Zuneigung zusammengezuckt, wovon die Kleine sich jedoch nicht abschrecken ließ. Sie leckte ihn gründlich ab und trabte dann davon, um sich in einem frischen Haufen Hirschkot zu wälzen. Wie ekelhaft! Da war nach unserer Rückkehr nach Hause ein Bad fällig!

Vorrangig jedoch musste ich meinen Zeugen befragen.

„Irving, ich verstehe vollkommen, dass du Angst hast, aber ich verspreche dir, dass keiner von uns dir wehtun wird", versicherte ich ihm, um ihn zu beruhigen. „Wir versuchen lediglich herauszufinden, was mit deiner Freundin passiert ist, die hier in diesem Haus gewohnt hat."

„Sie ist gestorben", flüsterte er ehrfürchtig. „Und ich habe alles mit angesehen. Es war einfach nur schrecklich."

„Bist du deshalb in letzter Zeit so furchtsam?", wagte ich zu fragen.

Er schüttelte den Kopf, und erneut flatterte ihm das inzwischen schon ziemlich zerfledderte Tatortband um die Krone.

Ganz langsam näherte ich mich ihm. „Wäre es okay für dich, dass ich das entwirre, während wir uns unterhalten?", fragte ich und hob zaghaft die Hand.

„Nur zu. Es stört mich schon die ganze Zeit, dennoch habe ich es nicht schafft, mich davon zu befreien."

Also machte ich mich an die Arbeit, während Irving so allmählich auftaute und zu reden begann.

„Und um eure Frage zu beantworten ... Ich habe Angst, weil die Jagdsaison begonnen hat. Jedes Jahr gelingt es mir irgendwie, den Jägern zu entkommen, aber mit jedem Jahr bin ich eine noch attraktivere Beute für sie. Sie haben es auf mein Geweih abgesehen, oder aber beabsichtigen, mich abzuschlachten. Welch schreckliche, barbarische Tradition." Er erschauderte und erstarrte erneut.

Ich gab ein leises zischendes Geräusch von mir und tätschelte ihm sanft die Flanke. „Das tut mir so leid. Es muss hart sein, so zu leben ... in ständiger Panik, dass man erwischt werden könnte."

Ich wartete, bis er sich wieder etwas entspannt hatte, und fuhr dann fort, das Chaos aus seinem Geweih zu lösen.

„Ich mag diese Wälder, weil es hier keine wirklichen Raubtiere gibt", erklärte er. „Außer natürlich den Menschen. Und als ich dann Angela kennenlernte, beschloss ich, mich hier niederzulassen. Sie versorgte mich jeden Abend mit Essen und war sehr nett zu mir. Dann allerdings ... " Ein Schluchzen entrang sich seiner Kehle.

„Was geschah dann?", hakte ich nach, während ich nach wie vor mit dem Tatortband kämpfte.

„Es ist alles meine Schuld", jammerte er. „Wie jeden Abend wollte sie mir mein Abendessen bringen, als ihr der Sack aus den Händen glitt. Er hat sie zu Tode gequetscht, alles war voller Blut. Natürlich habe ich versucht, ihr zu helfen, aber dann bekam ich es mit der Angst zu tun und bin weggerannt. Und als ich später zurückkam, wimmelte es nur so von Polizeibeamten."

„Und dann hast du dich in dem Absperrband rund um den Schuppen verheddert", beendete ich den Satz für ihn. Alles, was er gesagt hatte, klang logisch, erklärte jedoch nicht die Beweise, auf die wir gestoßen waren.

„Seitdem bin ich auf der Flucht. Ab und an schaue ich vorbei, um mich davon zu überzeugen, dass sie tatsächlich nicht mehr da ist. Und dem scheint so zu sein. Sie wird mir fehlen", schniefte er, wobei er sich versehentlich bewegte, so dass mir sein Geweih aus den Händen flutschte. „Sie war der netteste Mensch, dem ich je begegnet bin."

In diesem Moment taten mir beide leid, sowohl

Irving als auch Miss Miller. Und wieder einmal zeigte es sich, welch unglaublich komplexe Wesen Menschen doch sein konnten. Ein und dieselbe Dame war für mich der Feind, für den Hirschen jedoch ein Freund. War das überhaupt möglich?

„Du sagtest, sie hat das Gleichgewicht verloren? Es war also ein Unfall?"

Irving nickte. „Ja, dessen bin ich mir absolut sicher. Oh, es war einfach nur schrecklich. Ich darf gar nicht daran denken."

„Ich verspreche, dich auch nicht mehr lange zu quälen", versicherte ich ihm und schaffte es endlich, ihn von dem Überresten des zerfetzten Band zu befreien. „Nur noch eine allerletzte Frage: Bist du dir absolut sicher, niemanden sonst in der Nähe gesehen zu haben? Jemanden, der Angela etwas angetan haben könnte?" Schon klar, ich legte meinem Zeugen sozusagen die Antwort in den Mund, aber wir waren hier ja nicht vor Gericht. Wenn Miss Millers Tod tatsächlich ein Unfall gewesen war, was hatte es dann mit dem zwielichtigen Typen aus dem Lagerhaus auf sich, der ihr einen Besuch abstattete?

Irving rieb sich das Geweih an dem nächststehenden Baum und seufzte erleichtert auf. Mit einem Ausdruck, als würde er lächeln, wandte er sich mir

zu, dann jedoch wurde seine Miene wieder schlagartig ängstlich, als er verkündete: „Ich habe tatsächlich jemanden gesehen, aber erst, nachdem sie bereits
tot war. Er kam letzte Nacht mit einem hellen Licht
… “

19

ach diesem Gespräch mit Irving wandten Octocat, Paisley und ich uns wieder dem Wald zu. Zwar schaffte ich es nicht, die Überwachungskameras von dem dicken Stamm abzubekommen, aber zumindest konnte ich sie öffnen und die Speicherkarten herausnehmen.

Meine beiden pelzigen Kumpane waren natürlich scharf auf die Aufzeichnungen unseres Hauses, um sich selbst im Film zu bewundern. Ich jedoch würgte ihre Bitte ab und nahm mir die von Miss Millers Garten vor.

Tatsächlich tauchte Irving jeden Abend zur gleichen Zeit auf, um sich sein Abendessen abzuholen, und die alte Frau verbrachte eine ganze Weile damit, bei ihm zu stehen und auf ihn einzureden. Leider konnte ich diese Worte ebenfalls nicht hören. Auch erlaubte die Kamera zwar keinen Blick auf den Schuppen, der sich ja hinter dem Haus befand, aber das panische Hin- und Hergerenne des Hirschen zu einem späteren Zeitpunkt ließ darauf schließen, dass seine Gönnerin tot war ... und niemand sonst in der Nähe sein konnte.

„Es war also tatsächlich kein Mord", schlussfolgerte ich seufzend. Eigentlich hätte ich glücklich darüber sein sollen, aber das Endergebnis war dasselbe: Eine Frau war tot.

„Na also", sagte Octocat und grinste unglücklich. „Fall abgeschlossen. Ich kann nicht glauben, dass du mich völlig umsonst durch die Gegend gehetzt hast. Dafür erwarte ich eine Gehaltserhöhung."

„Aber wir mussten doch auf Nummer sicher gehen. Immerhin hat sich all das sozusagen direkt vor unserer Nase abgespielt", erinnerte ich ihn.

Er zeigte sich nicht sonderlich überzeugt. „Warum? Niemand hat uns dafür bezahlt. Wir mochten die Dame nicht einmal. Du hast mich reingelegt, indem du mir zu verstehen gabst, wie überlegen ich euch anderen bin. Tja, das war mir eine Lehre. Nur weil du mich brauchst, heißt das noch lange nicht, dass es umgekehrt auch der Fall ist."

Ich presste dramatisch eine Hand aufs Herz.

„Autsch, mein Lieber, diese Worte tun verdammt weh. Ich dachte, wir wären Freunde. Außerdem, wenn du mich nicht brauchst, wer bitte soll dann deine Konservendosen öffnen? Sich so um dich kümmern, wie ich es immer tue? Wer würde …?"

„Mami!", bellte Paisley in diesem Moment auf, und ich drehte mich mit einem fragenden Blick zu ihr um. „Tut mir leid, dass ich euer Gespräch störe, aber sieh mal!"

Ich wandte meine Aufmerksamkeit wieder dem Bildschirm zu. Die Übertragung zeigte jetzt die Nacht an, aber durch die hinteren Bewegungsmelder war alles hell erleuchtet.

„Warte kurz", forderte die Kleine mich mit großen, funkelnden Augen auf. „Er war gerade schon zu sehen, und mit ziemlicher Sicherheit taucht er gleich nochmals auf."

Tatsächlich, ein großer Kerl schlenderte durch den Garten und verschwand in Richtung Schuppen. Als er wieder zum Vorschein kam, hielt er mehrere kleine Leinensäcke aufeinander gestapelt in den Armen. Sein Tattoo, die Krabbe, konnte ich zwar nicht erkennen, war mir aber auch so sicher, dass das unser Mann war.

„Deshalb sah der Schuppen wie leergeräumt aus", erinnerte ich mich. „Wir dachten, es sei die Polizei gewesen, aber nein: Steve Scotch kam zurück, um das Wildfutter zu holen. Aber warum? Wollte er es erneut verkaufen?"

„Das scheint mit kaum ein profitables Unterfangen zu sein", spottete Octocat.

„Hier geht definitiv etwas Seltsames vor sich. Wir wissen jetzt zwar, dass es sich nicht um Mord handelte, aber lasst uns nochmals scharf nachdenken." Auch wenn ich alle Puzzleteile beieinander hatte, schienen sie nicht wirklich zusammenzupassen. Was hatte ich bisher über diesen Kerl und das Wildfutter in Erfahrung bringen können? Ich zermarterte mir das Hirn, wie ich die kleinen Details meinen tierischen Helfern am besten präsentieren konnte, so dass sie Sinn ergaben.

„Und? Ich bin ganz Ohr," brummte mein Kater ungeduldig.

Paisley blieb ruhig, wedelte jedoch aufmunternd mit dem Schwänzchen und forderte mich ebenfalls auf, loszulegen.

„Okay, dann wollen wir mal", sagte ich und hob die Hände, um die einzelnen Punkte an meinen Fingern abzuzählen. „Angela Miller fütterte den Hirsch nebenan, aber derzeit gibt es hier in der Gegend keine Geschäfte, die Wildfutter verkaufen, da dies während der Jagdsaison verboten ist."

„Sie hätte das Futter beim Einzug bereits dabeigehabt haben können", argumentierte mein Kater und klopfte mit dem Schwanz auf den Boden. Natürlich wollte er immer derjenige sein, der alle Hinweise zusammentrug, aber dieses Mal war ich schneller gewesen.

Ich schüttelte den Kopf. „Könnte sie natürlich, aber ich glaube nicht, dass dem so war."

„Okay, du Genie", zischte er. „Wie lautet dann deine Theorie?"

„Sie ist in die Tierhandlung gegangen, in der auch wir heute waren, in der Hoffnung, dort etwas zu bekommen. Und Frank wird ihr genau das Gleiche gesagt haben wie mir. So wie wir sie kannten, dürfte sie daraufhin eine ziemliche Szene gemacht haben."

Er nickte. „Gut vorstellbar. Insofern stimme ich dir zu."

„Okay, an dieser Stelle müssen wir unsere beiden Fäden zusammenführen. Die Katze, Beans, erwähnte, dass der Lagermann am Tag zuvor bei ihnen im Geschäft war, also exakt an dem Tag, an dem Angela starb. Ich vermute, dass er den Streit der beiden mitbekam, ihr anschließend, als sie den Laden verließ, auflauerte und ihr anbot, sie illegal zu beliefern. Natürlich gegen einen erheblichen Aufschlag."

„Aber du sagtest doch, sie hätte kein Futter mitgebracht, als sie umzog." Octocat grinste, weil er sich sicher war, er hätte mich bei einer Ungereimtheit ertappt. Dem jedoch war nicht so.

„Gut möglich, dass sie eine kleine Menge vorrätig hatte, aber die ging schnell zur Neige, als jeden Abend ein riesiger Hirsch auftauchte und sein Abendessen einforderte. Also musste sie ihre Vorräte auffüllen, weil sie sonst ihren neuen Freund verloren hätte."

„Ach, wie traurig!", mischte Paisley sich ein und ließ die Ohren hängen. Ehrlich gesagt war ich mir nicht einmal sicher, ob sie überhaupt zugehört hatte, da sie nach wie vor gebannt auf den Bildschirm starrte.

„Nicht nur traurig, sondern ausgesprochenes Pech. Als ich mit Frank sprach, erwähnte er, dass sein Lieferant das Futter versehentlich mehrere Monate zu früh geschickt hatte, wegen dieses Fehlers jedoch für die Lagerhaltung bezahlte. Von daher, so versprach er, würde er mich beliefern, sobald es wieder verkauft werden dürfte. Hier kommt ein dritter Faden ins Spiel."

Ich hielt inne, aber beide Tiere schwiegen.

„Nachdem ich den Namen der Einlagerungs-firma herausgefunden hatte, sah ich sie mir im Internet einmal genauer an. Die Adresse war lediglich ein Postfach, die Telefonnummer existierte nicht mehr. Also machte ich mich auf zu den Docks, um mich nach Steve Scotch zu erkundigen. Dort erfuhr ich von einer der Arbeiterinnen, dass er seit einem Monat spurlos verschwunden sei, nachdem er sich geweigert hatte, sie für einen Auftrag ordentlich zu bezahlen. Alle Anzeichen deuten also darauf hin, dass er nicht mehr im Geschäft ist … "

„Trotzdem tauchte er immer noch zweimal die Woche in der Tierhandlung auf, und mindestens einmal hat er unsere Nachbarin besucht", fasste Octocat meine Ausführungen zusammen.

„Ganz genau."

Er gähnte. „Aber was bedeutet das jetzt für uns?"

„Ich glaube, Steve Scotch hat seinen Job gewechselt, weil er auf ein besseres Angebot stieß. Dennoch brauchte er eine Art Fassade, und so beschloss er, die Firma Scotch on the Docks weiterlaufen zu lassen."

„Eine Fassade für was?" Er gähnte erneut. Ich sollte mich besser beeilen, sonst wäre es vorbei mit seiner Aufmerksamkeit.

„Genau das versuche ich gerade herauszufinden. Was auch immer es ist, irgendwie steckt Frank da womöglich mit drinnen."

„Glaubst du, er ist ein Bösewicht?", jammerte

Paisley. „Auf mich machte er einen so netten Eindruck."

„Keine Ahnung. Vielleicht weiß er auch wirklich nicht, was da vor sich geht. Wenn er eine Schuld trüge, hätte er kaum so offen über all die Details geredet. Und hätte er mir dann nicht auch das Futter unter der Hand verkauft, als ich ihn danach fragte?"

„Was meinst du mit *unter der Hand*?", wollte Paisley wissen und fing an, herumzuzappeln, um einen besseren Blick auf das Video erhaschen zu können.

„Es ist nur ein Ausdruck dafür, wenn Menschen Dinge machen, die falsch sind", erklärte ich ihr.

Enttäuscht ließ sie den Schwanz sinken, und mir wurde das Herz schwer.

„Ich hätte da eine Idee. Lasst uns noch mal alle zusammen zu der Tierhandlung gehen. Hättest du Lust auf einen weiteren Ausflug mit dem Auto?", wandte ich mich mit übertrieben babyhafter Stimme an die kleine Maus, und sie wurde direkt ganz aufgeregt.

„Ich passe", entgegnete Octocat, sprang mit einem Satz vom Tisch herunter und schlenderte davon. „Es ist Zeit für mein Mittagsschläfchen. Ihr könnt mir ja hinterher berichten, wie es gelaufen ist. Ach … und vergiss meine Gehaltserhöhung nicht."

20

Als ich kurze Zeit später bei Frank and Beans ankam, parkte dort bereits ein Polizeiwagen.

Im Inneren fand ich Officer Bouchard auf der einen Seite des Tresens stehend vor, und Frank auf der anderen. Keiner der beiden hatte meine Ankunft bemerkt.

„Das habe ich Ihnen doch bereits versichert, Officer. Ich würde niemals Wildfutter außerhalb der Saison verkaufen. Das würde schon meine Berufsethik nicht zulassen." Plötzlich entdeckte er mich und schenkte mir ein breites Grinsen. „Oh, hallo noch mal. Drei Besuche innerhalb eines Tages. Geben Sie zu, Sie sind entweder süchtig nach mir oder nach meinem Laden."

Auf diese Aussage ging ich nicht weiter ein. „Was ist denn hier los?", fragte ich, hob Paisley hoch und drückte sie an meine Brust, um ihr einen besseren Blick auf die Szene zu bieten.

Bouchard runzelte die Stirn. „Das ist jetzt nicht wirklich ... "

„Man beschuldigt mich des Verkaufs gestohlener Waren", unterbrach Frank ihn, mehr als begierig darauf, sich zu erklären. „Können Sie sich das vorstellen? Ausgerechnet mich, der ich mich genauestens an das Gesetz halte."

Und da war es, das letzte Puzzleteil, dass das Bild zusammenfügte. Ich wandte mich meinem Polizeifreund zu, unfähig, meine Aufregung zu verbergen. „In dem großen Sack, der Angela Miller das Leben kostete, war noch etwas anderes als nur Wildfutter, oder?"

„Aber woher ...? Angie, sag bloß, du hast wieder auf eigene Faust ermittelt, nicht wahr?" Er stemmte beide Hände in die Hüften und starrte mich missbilligend an.

Ich zuckte nur grinsend mit den Schultern.

Er seufzte auf. „Also gut. Sag uns einfach, was du herausgefunden hast, aber nicht wie! Sonst muss ich dich am Ende noch zum Verhör mitnehmen."

Ich nickte und erzählte ihm alles, was ich bisher in Erfahrung bringen konnte.

„Du willst also damit andeuten, dass dieser Steven Scotch die Tierhandlung als Tarnung für seine Schwarzmarktaktivitäten benutzt hat?", fasste Officer Bouchard meine Ausführungen zusammen.

„Ja, denn er hat sich seit ungefähr einem Monat nicht mehr an den Docks blicken lassen, also ungefähr ab dem Zeitpunkt, als Frank seinen Tierhandel eröffnete. Und obwohl alles darauf hindeutet, dass er seine Geschäfte eingestellt hat, kommt er nach wie vor zweimal die Woche hier vorbei."

Bouchard bedachte Frank mit einem prüfenden Blick. „Haben Sie dieser Geschichte noch etwas Wichtiges hinzuzufügen?"

„Moment", schaltete ich mich erneut ein. „Frank ist unschuldig. Steve hat ihn und seine Räumlichkeiten lediglich benutzt, um seine Hehlerware zu verstecken. Deshalb tauchte er auch in regelmäßigen Abständen hier auf. Ich vermute, er hat das Streitgespräch zwischen Angela Miller und Frank mitbekommen, als letzterer nicht bereit war, ihr das geforderte Wildfutter zu verkaufen, und packte die Gelegenheit beim Schopf. Er bot ihr an, das Gewünschte zu einem bestimmten, mit Sicherheit überhöhten Preis zu besorgen. Dann jedoch machte er einen gravierenden

Fehler: Er händigte ihr die falschen Säcke aus. Deshalb suchte er sie am Tag des Unfalls vormittags auch nochmals auf, um die Ware zurückzufordern."

„Woher weißt du ...?" Dann jedoch schüttelte er stirnrunzelnd den Kopf. „Nein, sag es mir lieber nicht. Sprich weiter."

„Nachdem Miss Miller sich offensichtlich weigerte, kam er spät in der Nacht nochmals wieder, fand den Schuppen unverschlossen vor und nahm die verbliebenen Futtersäcke an sich", schloss ich meine Ausführung und hätte am liebsten triumphierend die Hände über dem Kopf zusammengeschlagen. Zum Glück jedoch schaffte ich es, mich zurückzuhalten.

Der Polizist nickte nachdenklich. „Vielen Dank. Du hast mir gerade die letzten fehlenden Informationen geliefert. Dann werde ich mir mal Steve Scotch schnappen. Einen schönen Tag noch", verabschiedete er sich, an Frank gewandt, drehte sich aber auch nochmals mir zu. „Und du halte dich von weiterem Ärger fern, verstanden?"

Nachdem er gegangen war, standen Frank und ich uns einige Augenblicke lang schweigend gegenüber. Schließlich schüttelte er den Kopf, lachte und sagte: „Okay, und was darf ich Ihnen jetzt noch verkaufen?"

„Eigentlich ...", gestand ich und kam mir fast ein

wenig schäbig vor, „bin ich nur vorbeigekommen, um Nachforschungen anzustellen. Bei der Verstorbenen handelte es sich nämlich um meine Nachbarin." Ich zog eine Visitenkarte aus meiner Handtasche und reichte sie ihm.

„Angie Russo, Pet Whisperer, P.I.", las er sichtlich beeindruckt. „Sie können also mit Tieren sprechen?"

Ich zwang mich zu einem Lachen. „Natürlich nicht, ich bitte Sie! Es ist nur eine Wortspielerei und Ausrede dafür, dass ich meinen Hund und meinen Kater immer bei sämtlichen Ermittlungen dabeihabe." Nach wie vor war ich stinksauer, dass Grandma und Mom mir diesen Namen aufgedrückt hatten, der so nahe dran war, mein Geheimnis zu lüften.

Frank riss erstaunt die Augen auf. „Sie haben auch eine Katze? Wir sollten uns mal verabreden, dann könnten Beans und er miteinander spielen."

„Klar, warum nicht?" Ich wusste jetzt schon, dass Octocat sich mit aller Macht dagegen sträuben wurde, Zeit mit einer anderen Fellnase zu verbringen, besonders mit einer, die so seltsam war wie dieser Beans. Doch würde ich diese Idee im Hinterkopf behalten, falls ich jemals einen kreativen Weg finden musste, ihn zu bestrafen.

„Jetzt muss ich aber wirklich nach Hause", sagte ich zu Frank, der noch immer reglos dastand und meine Karte studierte, als würde sie ihm sämtliche Geheimnisse des Universums offenbaren. „Aber ich verspreche, dass ich bald zurückkomme, um dann richtig einzukaufen."

Anscheinend hatte er mich nicht gehört, denn er reagierte nicht weiter auf meine Verabschiedung. Also schlich ich auf leisen Sohlen nach draußen und fuhr zurück zu unserem Heim, um den anderen von den Neuigkeiten zu berichten.

„Es war also kein Mord", fasste Grandma meine Erzählung zusammen und nippte an ihrem Tee. Wir saßen inzwischen zusammen im Wohnzimmer, während ich die Begegnung mit Officer Bouchard und Frank im Tierladen nochmals Revue passieren ließ. Octocat schien nach wie vor irgendwo zu schlafen, was bedeutete, dass ich später alles noch einmal erzählten musste, aber gut.

Ich schüttelte den Kopf. „Nein, aber ihr Tod hat ein weiteres Verbrechen aufgedeckt."

„Das ist ja lustig." Sie schlang beide Hände um ihre Tasse und seufzte auf. „Genau aus diesem Grund meditiere ich, weißt du?"

Verwirrt verzog ich die Brauen hoch. Sie schaffte

es immer wieder, mich zu irritieren, aber genau das machte auch einen Teil ihres Charmes aus. Sie jedoch bedachte mich mit einem wissenden Blick. „Angela ist wegen eines dummen Unfalls gestorben. Sie ist ausgerutscht, stieß sich den Kopf und war weg. Das ist ein ziemlich schlechtes Karma."

„Sie hatte einfach nur Pech."

„O nein, das hat nichts mit Pech zu tun. Karma ist eine der stärksten Kräfte im Universum. Diese Frau hat jede Menge negativer Energie ausgesandt, und plötzlich kam sie zu ihr zurück." Sie trank einen weiteren Schluck von ihrem Tee und schwieg, und da ich nicht wusste, was ich darauf erwidern sollte, zuckte ich lediglich mit den Schultern und suchte verzweifelt nach einem Weg, das Thema wechseln zu können.

Ein sanftes Klopfen am rückwärtigen Fenster erregte meine Aufmerksamkeit. Draußen auf dem Sims saß Pringle, einen Blumenstrauß in Pfoten haltend. Als er sah, dass ich ihn bemerkt hatte, hielt er ihn in die Höhe und deutete damit in Richtung Tür.

„Bin gleich wieder da", versicherte ich Grandma, die nach wie vor tief in Gedanken zu sein schien, und schlich davon in Richtung Veranda.

„Die sind für dich", sagte Pringle und hielt mir die Blumen entgegen.

„Vielen Dank. Sie sind wunderschön."

„Ich habe sie aus dem Garten der Nachbarin geholt, denn die wird sie jetzt ja nicht mehr brauchen."

Es kostete mich große Mühe, ein Stöhnen zu unterdrücken, und ich versuchte, mich auf die Tatsache zu konzentrieren, dass der Waschbär mir ein Friedensangebot zu unterbreiten versuchte, anstatt darauf, dass er wieder einmal etwas Illegales getan hatte.

„Es tut mir leid", sagte er, und seine Stimme war kaum mehr als ein Flüstern. Dann ließ er sich sogar auf die Knie fallen und erklärte mit einer theatralischen Geste: „Nein, das trifft es nicht annähernd. Es tut mir sogar wahnsinnig leid!"

Ich trat von einem Fuß auf den anderen und glaube, meinen Ohren nicht zu trauen. „Was tut dir leid?"

„Alles! Ich möchte mich für all die Male entschuldigen, wo ich dich oder die anderen durch mein Verhalten verletzt habe. Nach dem Zwischenfall mit dem Hirsch habe ich lange und gründlich nachgedacht."

„Und nach dem, was du mit Paisley getrieben hast", fügte ich mit grimmiger Miene hinzu.

„Ganz genau, und nach der Aktion mit Paisley", bestätigte er. „Bitte glaube mir, ich wollte euch keinen Ärger bereiten. Jedes Mal, wenn du mich in einen Fall einbeziehst, freue ich mich wahnsinnig, aber manchmal gehe ich es einfach komplett falsch an."

Ich bedachte ihn mit einem freundlichen Lächeln. „Vielen Dank, Pringle, ich weiß die Entschuldigung wirklich zu schätzen."

„Ich habe mich gerade zu einem Zwölf-Schritte-Programm angemeldet", fuhr er mit einem Grinsen fort. „Die Möwen haben mir davon erzählt. Wenn ich damit durch bin, werde ich kein Alkoholproblem mehr haben."

Ich musste mir das Lachen verbeißen. „Aber Pringle, das hast du doch eh nicht!"

„Ach ja, richtig! Egal. Normalerweise hilft dieses Programm Menschen, die ihren Alkoholkonsum in den Griff bekommen wollen, aber einer der Vögel schlug vor, ich könne es ja auch einmal in Bezug auf meine Verhaltensprobleme versuchen. Es gibt da eine nette Gruppe von Leuten, die sich jeden Abend in einer Kirche nicht weit von hier treffen. Ich habe die Örtlichkeit bereits ausgekundschaftet und einen perfekten Platz am Fenster entdeckt, von wo aus ich hineinschauen und alles beobachten und mitanhören kann."

„Das klingt wunderbar, Pringle. Ich halte dir die Daumen, dass es etwas bringt."

„Danke. Weißt du, dieser Alpha ist eigentlich gar kein so übler Typ."

„Moment mal … du sagtest, die Möwen hätten dich auf diese Möglichkeit der Therapie aufmerksam gemacht?"

„Ja, nun, eigentlich nur eine Möwe. Alpha. Erinnerst du dich an ihn?"

Panik machte sich in mir breit. Das war derselbe Vogel, der mich vormittags bedroht hatte. Wollte er jetzt den Waschbären benutzen, um an mich ranzukommen? Aber wie wollte er es anstellen, um mir letztendlich durch dessen Hilfe zu schaden? Was hatte er vor?

„Nochmals vielen Dank, Pringle." Ich hob die Blumen und roch daran, um ihm meine Wertschätzung zu demonstrieren. „Ich bin richtig stolz auf dich."

„Juhu, ich schaffe es!", jubelte er, bevor er von der Veranda sprang und aus meinem Blickfeld verschwand.

Ich ging zurück ins Haus, um den unrechtmäßig erworbenen Strauß ins Wasser zu stellen. Gerade erst hatte ich einen Fall abgeschlossen, und anscheinend schon wieder den nächsten an der Backe kleben.

Was nur hatte diese hinterhältige Möwe geplant?

Wie geht es weiter?
Finde es schnell heraus …

Die schlitzohrige Sphynx **ist jetzt erhältlich.**

Sichere dir noch heute dein Exemplar, damit du direkt mit der Fortsetzung dieser verrückten Krimiserie weiterlesen kannst!

Und vergiss nicht, dich in Mollys Liste einzutragen, damit du über alle Neuerscheinungen, monatlich stattfindende Verlosungen und weitere coole Aktionen (einschließlich jeder Menge Katzenfotos) informiert bleibst.

Hole dir noch heute dein persönliches Exemplar und fange direkt an zu lesen.
Katzengeheimnisse.com/abonnieren

WIE GEHT ES WEITER?

Alles begann damit, dass eine auf Rache sinnende Möwe mit zwielichtiger Vergangenheit mir androhte, meine Hochzeit zu boykottieren. Ab da ging alles ziemlich rasant den Bach runter.

Eigentlich hatte ich immer davon geträumt, wie perfekt mein besonderer Tag sich gestalten würde, aber jetzt hoffe ich nur noch, ihn ohne größere Katastrophen hinter mich zu bringen.

Was sich als relativ schwierig erweist, wenn man permanent vier übermütige Katzen um sich herum hat ... zwei davon dermaßen liebestoll, dass man es schon nicht mehr mit anschauen kann, und zwei weitere, die nicht gewillt sind, mich als ihre neue

Stieftiermutter zu akzeptieren und sich nicht scheuen, mir das bei jeder sich bietenden Gelegenheit unter die Nase zu reiben.

Als dann auch noch eine gewisse Freundin samt Filmteam auf der Matte steht, um der nach wie vor erfolglosen Reality-Show ihres Katers zu weiterer Publicity zu verhelfen, möchte ich mich eigentlich nur noch verkriechen.

Wie wird dieser Tag wohl enden? Schaffe ich es vor den Alter, um dem Mann meiner Träume mein Jawort zu geben? Werde ich nicht nur *Ich will*, sondern auch noch *Ich kann* sagen und damit mein größtes Geheimnis preisgeben müssen ... meine Fähigkeit, mit Tieren sprechen zu können?

Hole dir noch heute dein persönliches Exemplar und fange direkt an zu lesen.

Viel Spaß!

Mein Name ist Angie Russo, und in wenigen Tagen werde ich Mrs Charles Longfellow III. sein. Eigentlich kommt es mir wie eine Ewigkeit vor, seit ich in der Kanzlei auf den neuen, gut aussehenden Mitarbeiter aus Kalifornien traf. In Wirklichkeit sind seit jenem schicksalhaften Tag nur ein paar Jahre vergangen.

Und während ich mich sofort Hals über Kopf in Charles verliebte, brauchte er ein wenig länger, um zu begreifen, dass ich diejenige war, mit der er den Rest seines Lebens verbringen würde. Alles begann damit, dass er mich erpresste, ihm bei einem schwierigen Doppelmordfall zu helfen. Er war erst die zweite Person, die von meiner seltsamen Fähigkeit erfuhr, mit Tieren sprechen zu können – selbst ich hatte es damals noch nicht so richtig drauf –, aber anstatt mich anzugaffen oder sogar auflaufen zu lassen, beschloss er, sich diese zunutze zu machen.

Mittlerweile haben wir viele Fälle gelöst, sowohl gemeinsam als auch getrennt, und uns dabei unsterblich ineinander verliebt. Er ist inzwischen der Hauptpartner der Kanzlei. Und ich bin von einer kleinen Anwaltsfachgehilfin zur Vollzeit-Privatdetektivin mutiert ... zumindest theoretisch.

Praktisch lebe ich hauptsächlich vom Treuhandfonds meiner Katze, gebe jedoch mein Bestes, um stets neue Rätsel zu lösen, unabhängig davon, ob meine Hilfe erwünscht ist oder nicht. Erst im Frühjahr habe ich den Tod an meiner Nachbarin aufgeklärt ... das war abermals eine harte Nuss!

Glücklicherweise hatten wir in den folgenden Wochen nur wenig Arbeit, sodass ich mich voll und ganz auf die Hochzeitsplanung konzentrieren konnte.

So viel zu meiner Person – ehemalige Rechtsanwaltsgehilfin, derzeitige Privatdetektivin, zukünftige Braut. Ach so, ihr wolltet noch etwas über die Sache mit den Tieren wissen?

Nun, alles fing damit an, als ich bei einer eher

ungewöhnlichen Testamentseröffnung auf Octocat traf. Das war allerdings noch, bevor Charles in die Kanzlei eintrat. Erst er bezog mich in die Ermittlungen seiner Fälle ein. Davor war ich nichts weiter als eine unbedeutende kleine Bürokraft und an jenem Tag war es meine Aufgabe, Kaffee zu kochen. Irgendwie liefen die Dinge ziemlich aus dem Ruder, denn das defekte alte Teil versetzte mir einen derartig heftigen Stromschlag, dass ich das Bewusstsein verlor. Seitdem habe ich eine völlig rationale und sicherlich nachvollziehbare Angst vor derartigen Geräten.

Wie auch immer ... als ich wieder zu mir kam, war nichts mehr wie vorher. Plötzlich konnte ich mit Tieren reden, und das erste Exemplar, eine Katze mit großen bernsteinfarbenen Augen und nach Thunfisch stinkendem Atem, hatte es sich bereits auf meiner Brust bequem gemacht. Ja, der Hauptnutznießer bewussten Nachlasses war ein Kater, und als er merkte, dass ich ihn verstand, engagierte er mich vom Fleck weg, um den Mord an seiner Besitzerin aufzuklären.

Seitdem sind wir ein Herz und eine Seele ... Nein, lasst es mich lieber so formulieren: An den meisten Tagen kommen Octocat und ich ganz gut miteinander klar. Manchmal allerdings kann er ein richtiger

Stinker sein. Trotzdem würde ich ihn oder irgendeinen Teil meines Lebens um nichts in der Welt missen mögen.

Meine wirklich beste Freundin ist meine Grandma. Sie hat mich großgezogen, während meine Eltern sich auf ihre Karrieren konzentrierten. Und dabei ist sie nicht einmal meine leibliche Großmutter, eine Tatsache, die ich erst kürzlich herausgefunden habe. Nach monatelanger Suche und mit ein wenig Hilfe eines militanten Möwenschwarms durfte ich endlich meine Oma Lyn kennenlernen, die Mama meiner Mom.

Beide werden sich auf der Hochzeit das erste Mal begegnen, was hoffentlich nicht zu peinlich wird. Zumindest werden genügend andere Gäste anwesend sein, sodass wir die beiden so weit wie möglich auseinander halten können.

Grandmas Hund Paisley, ein dominierend schwarzer, dreifarbiger Chihuahua, den sie aus dem Tierheim gerettet hat, soll während der Zeremonie als Blumenmädchen fungieren. Pringle, der Waschbär, der in einem Baumhaus in meinem Garten wohnt, ist zwar nicht eingeladen, wird aber mit Sicherheit trotzdem auftauchen. Unsere Möwenfreunde Bravo und Abigull werden von einem Baum aus zusehen.

Eine weitere Möwe, Alpha, mit der wir nicht

gerade im Guten auseinandergegangen sind, hat damit gedroht, die ganze Veranstaltung zu sabotieren. Außerdem hat er sich kürzlich mit Pringle angefreundet und ihn ermutigt, an einem Zwölf-Schritte-Programm teilzunehmen, das ihm helfen soll, seine Verhaltensprobleme in den Griff zu bekommen. Ich bin mir nicht sicher, was hinter diesem Motiv steckt, aber die Gruppentherapie zeigt bei dem kleinen Waschbären definitiv schon Wirkung.

Auf meiner Hochzeit möchte ich ihn trotzdem nicht dabeihaben.

Lieber kümmere ich mich um meine anderen Gäste, die von nah und fern anreisen werden. Das wären beispielsweise meine alte Freundin Bethany Peters und meine Cousine Maggie, Mags genannt, die den langen Weg aus Georgia auf sich nehmen, um den bisher glücklichsten Tag meines Lebens mit mir zu feiern.

Dann natürlich Charles' Familie aus Kalifornien, und auch unsere Freundin Sharon, die mit ihrem Wohnmobil durchs Land tourt, hat versprochen vorbeizuschauen. Genau genommen werden alle da sein, die uns etwas bedeuten ... alte Bekannte, liebe Verwandte, frühere Klienten ... sogar die Besitzerin der Freundin meines Katers will aus Colorado kommen, um uns ihre Glückwünsche persönlich zu übermitteln.

Anstelle von Trauzeugen werden unsere drei Samtpfoten mit uns vor den Altar treten. Ich habe entzückende Fliegen für Octocat und Jacques und einen Miniatur-Spitzenschleier für Jillianne aufgetrieben. Charles besitzt noch nicht so lange Katzen wie ich, aber er ist ganz vernarrt in die beiden haarlosen Haustiger, die er von meiner ersten verstorbenen Nachbarin, Senatorin Harlowe, geerbt hat.

In den letzten Monaten habe ich den beiden nackten Fellnasen Sprechunterricht erteilt, um ihnen ihren seltsamen Dialekt auszutreiben – aber nicht aus reiner Herzensgüte, o nein, sondern auf Octocats Drängen hin. Der gab mir nämlich sehr deutlich zu verstehen, dass weder Charles noch seine tierischen Mitbewohner in unserem Haus willkommen seien, wenn die beiden nicht aufhören würden, nur in Rätseln und Reimen miteinander zu kommunizieren.

Das war eine ziemliche Herausforderung, aber ich bin es ja gewohnt, von meinem Kater herumkommandiert zu werden. Und diese Bedingung war für das, was er sonst so fordert, ausnahmsweise mal nicht völlig überzogen. Außerdem bot sich mir dadurch endlich die Gelegenheit, mich Jacques und

Jillianne anzunähern, bevor wir alle eine große, glückliche Familie werden.

Zu Beginn waren sie nicht sonderlich angetan von mir, aber ich denke, ich habe es geschafft, sie für mich zu gewinnen … Zumindest hoffe ich das.

„Hast du schon meinen Schleier aus der Reinigung geholt?", fauchte ich Grandma an, während ich auf ein Klingeln hin die Treppe nach unten stürzte.

„Steht auf meiner To-do-Liste für heute Nachmittag!", brüllte sie zurück. Ich riss die Tür auf und knallte volle Kanne mit dem Gesicht gegen einen riesigen rosa Luftballon.

„Upps, tut mir leid. Der ist mir entwischt", stöhnte der Helium-Jongleur auf, verzweifelt bemüht, den Rest seines schwebenden Straußes mit beiden Händen festzuhalten. „Wo sollen die hin?"

„Nach hinten. Kommen Sie mit, ich zeige es Ihnen."

Der Ballonmensch trat einen Schritt zurück, und ich eilte hinaus auf die vordere Veranda und die Stufen hinunter, wobei ich zu spät bemerkte, dass ich vergessen hatte, mir Schuhe anzuziehen. Der kalte Morgentau ließ meine Zehen prickeln und mich frösteln, aber egal … Ich war eine Frau auf einer Mission.

Nur noch achtundzwanzig Stunden bis zu dem großen Ereignis. Und ich würde nicht zulassen, dass sich irgendjemand zwischen mich und meinen zukünftigen Ehemann stellt. Schon gar nicht diese bösartige Möwe, die geschworen hatte, sich an mir zu rächen. Obwohl sie es selbst war, die ihren Schwarm zugrunde richtete und ich lediglich die Wahrheit ans Licht brachte.

Deshalb hatte ich beschlossen, den Garten, statt mit Blumen mit Hunderten von Luftballons zu schmücken, die am Himmel schwebten und so eine Art Baldachin bildeten. Der sollte unerwünschte gefiederte Gesellschaft fernhalten.

„Ist Ihre Hochzeit nicht erst morgen?", fragte der junge Mann, während er die Ballons an der gewünschten Stange des massiven Metallgestells befestigte. „Wenn jetzt das Wetter schlecht wird, sind sie ruiniert."

„Keine Sorge, das wird nicht geschehen", erwiderte ich. „Ich habe bereits entschieden, dass das Wetter heute und morgen perfekt sein wird."

„Aber das können Sie doch gar nicht kontrollieren …"

„Es bleibt schön, und damit basta!", fuhr ich ihn an. Natürlich hatte ich versucht, eine Firma zu finden, die

die Dekoration erst am Morgen der Hochzeit aufbaute, was mir jedoch leider nicht gelungen war. So blieb mir nichts anderes übrig, als auf den Vortag auszuweichen, wenn ich die Feier nicht verschieben wolle – was natürlich überhaupt nicht in Frage kam. Nicht, nachdem ich so lange darauf gewartet hatte, um für immer und ewig Mrs Charles Longfellow III. zu werden!

„Wenn Sie meinen ..." Mit einem Schulterzucken machte er sich wieder an die Arbeit, aber seine Miene sprach Bände. *Der Kunde hat immer recht ...*

Ich rang die Hände, schaffte es aber zumindest, meine Zunge im Zaum zu halten. Normalerweise war ich nicht so unhöflich, aber es war eben mein großer Tag, an dem einfach alles perfekt sein musste. Und ein Damoklesschwert schwebte bereits über mir ... eine gewisse mordlustige Möwe und deren Drohung, alles zu ruinieren.

Hoffentlich konnte ich zumindest den Rest kontrollieren und vermeiden, dass sonst noch irgendetwas schieflief.

Ups. Ich hätte es besser wissen müssen, als das Schicksal herauszufordern. Sobald ich das Haus umrundete, um wieder nach innen zu gehen, sah ich zwei riesige Wohnmobile in meine Auffahrt einbiegen.

Und schlagartig wurde mir klar, dass das nichts Gutes bedeuten konnte.

Hole dir noch heute dein persönliches Exemplar und fange direkt an zu lesen.

ÜBER MOLLY FITZ

Obwohl USA-Today-Bestsellerautorin Molly Fitz genau genommen nicht mit Tieren sprechen kann, führen sie und ihre drei tierischen Co-Autoren oft tiefgründige und lebhafte Gespräche, während sie den alltäglichen Dingen des Lebens nachgehen.

Molly lebt mit ihrem Kind und ihrem eigenen Privatzoo irgendwo in der Wildnis von Alaska. Gelegentlich wagt sie sich hinaus, um ein exquisites Essen zu genießen, einen guten Kaffee zu trinken oder neue Tierfreunde zu treffen.

Erfahre mehr über Molly und ihre deutschen Veröffentlichungen, indem du dich gleich für ihren Newsletter anmeldest:

www.katzengeheimnisse.com

MISS DOLITTLES GEHEIMNIS

Angie Russo hat sich gerade mit dem ersten sprechenden Katzendetektiv von Blueberry Bay zusammengetan. Gemeinsam mit seiner bunt zusammengewürfelten Schar menschlicher und tierischer Helfer ist Octocat fest entschlossen, jede Situation zu retten – solange sie nicht mit seinem persönlichen Zeitplan kollidiert.

Viel Spaß mit Band 1 – **Kommissar Katerchen**

MERLINS MAGISCHE ABENTEUER

Gracie Springs ist keine Hexe … ihr Kater hingegen schon. Jetzt muss sie alles in ihrer Macht Stehende tun, um sein Geheimnis zu wahren, oder sie riskiert, den Rest ihres Lebens in einem magischen Gefängnis zu verbringen. Zu dumm, dass sie den Ärger geradezu magnetisch anzuziehen scheint!

Viel Spaß mit Band 1 – **Merlin findet eine Vertraute**

AGENTUR FÜR PARANORMALE ZEITARBEIT

Tawny Bigfords gewöhnlich zu nennendes Leben nimmt eine magische Wendung, als sie über die Leiche ihrer Vermieterin stolpert und von einer sprechenden schwarzen Katze rekrutiert wird, die Rolle der Verstorbenen als offizielle Stadthexe von Beech Grove, Georgia, zu übernehmen.

Viel Spaß mit Band 1 – **Eine Hexe für alle Gelegenheiten**

DAS GEISTERHAFTE GÄSTEHAUS (MIT TRIXIE SILVERTALE)

Sydney Coleman hat alles erreicht – und doch steht sie irgendwann vor dem Nichts. Gerade, als sie ihr neues Bed and Breakfast eröffnen will, stellt sich ihr ein Geistertrio auf Schritt und Tritt in den Weg. Die Geister bestehen darauf, dass sie den Mord an ihrer Herrin aufklärt, aber Sydney braucht dringend Geld. Wenn nicht bald ein paar zahlende Gäste eintreffen, ist ihre Spukvilla dem Untergang geweiht.

Viel Spaß mit Band 1 – *Mörderischer Mondschein*

VERBINDE DICH MIT MOLLY

Wenn du ebenfalls ein großer Fan von spannenden, schrägen Tierkrimis bist, sollten wir unbedingt Freunde werden.

Wie wäre es, wenn du direkt einmal meine Facebook-Seite besuchst, die ich speziell für meine treuen deutschen Leser eingerichtet habe? Hier der Link dazu:

Facebook.com/Katzengeheimnisse

Oder melde dich für meinen Newsletter an und sichere dir als Abonnent gratis ein digitales Geschenkpaket, einschließlich einer exklusiven Kurzgeschichte über Octocat:

Katzengeheimnisse.com/Abonnieren